• 衛斯理小說典藏版 66 •

大秘密

衛斯理
親自演繹衛斯理

《大秘密》

新之又新的序言，最新的

衛斯理小說從第一次出版至今，歷時已近半世紀，總共出了多少正版，還能計得清，若是連盜版一起算，那就算找外星人來算，也算勿清楚哉！不知能不能也算世界紀錄。

算得清好，算勿清也好，能幾十年來不斷出新版，說明不斷有讀者加入，對作者來說，沒有更值得高興的事了，謝謝所有喜歡衛斯理的人，謝謝謝謝。

倪匡

二〇二〇年六月四日 香港

幾句話

寫了四十多年小說，論者將拙作分為三個時期：早、中、晚。在明窗出版的一批，屬於早期和中期的上半。三個時期的創作風格有相當程度的不同，所以風評不一。本人並無偏愛，但讀友對早期的作品，頗有好評，大抵是由於在早、中期作品之中，主要人物精力充沛，活力無窮，所以使故事曲折多變，小說也就格外吸引。明窗出版社此次重新出版這批作品，正好讓大家來證明這一點。

四十餘年來，新舊讀友不絕，若因此而能有新讀友，不亦快哉！

倪匡

二〇〇五年十一月六日

序言

什麼人是什麼人的兒子，或什麼人不是什麼人的兒子，本來是最小的小事，只和什麼人和什麼人有關。可是在某種情形之下，這種只是什麼人和什麼人之間的事，都可以成為影響到數以萬萬計的人的大事。

怪之極矣，是不是？

而這種怪事，就是整部中國的歷史。

希望這種歷史，早已終結，所以，這個故事，只是一個幻想故事——因為事實證明，並未結束。

衛斯理（倪匡）

一九九一年九月二十日

目錄

目錄

第一部

紅綾提出第一個要求

秘密可不可以分大小呢？習慣上可以這樣說，但實際上，秘密就是秘密，根本沒有大小之分。

或曰，容易被人知道的是小秘密，難為人知的是大秘密。這樣的說法，也有問題，因為秘密之所以為秘密，全在於不為人知。

一旦為人所知，知的過程是容易也好，是艱難也好，都不相干，為人所知，就不成其為秘密了，還有什麼大小之分。

秘密若是為一個人以上所擁有，那也不能算是什麼秘密——你知我知，再加上天知地知，那算是什麼秘密？

真正的秘密，只有一個人知。而真正的秘密有時會泄露，唯一的原因，是由於秘密的擁有者，自己出賣了自己，自己首先把秘密說給了另外一個人聽。

「告訴你一個秘密，只是說給你一個人聽的，千萬不能傳開去。」

這樣的話一出口，秘密從此公開——連你自己都守不住秘密，怎麼還能希望別人代你守秘密呢？

所以，如果不想秘密公開，就必須維持真正秘密的原則：只有一個人知道。

把秘密藏在心底，會形成很痛苦的一種感覺，會渴望有他人分享自己的秘密。真有這種情形出現，秘密的防線已經崩潰了。

既然秘密沒有大小之分，而仍然把故事命名為「大秘密」，是由於這個故事牽涉的一項秘密，簡直是難以想像，情況奇特到了這種地步：就算當事人把這個秘密向全世界宣布，也不會有人相信。

而且，這個秘密怪在有時間性，若干年前被揭露，和若干年之後被揭露，差別極大，可以影響千千萬萬人的命運，可以影響人類的歷史。

在這樣的一宗秘密之上，加上一個「大」字，那是表示它和所有其他的秘密不同。如何不同法？請看故事，主要情節其實一句話就可以說完，但偏要慢慢說。

且說衛斯理傳奇，故事的敘述，一個接一個，所以在一個新的故事開始之前，往往有前一個故事一些未了之事作引子。

引子中敘述的事，有的和新故事有關，有的可能全然無關——那都不重要，有一些事，需要敘述的，當然都要說出來。

我、白素、紅綾、藍絲、猛哥，一行五人，在弄清楚了藍絲的身世，藍絲又提供了方法，也很有希望可以找到她父親之後，各人回到藍家峒。

一進藍家峒，十二天官的神情緊張莫名，十二人行動一致，而且快速無比，一下子就把藍絲圍在中心，而且，十二人的視線，一起投向猛哥，眼神很是複雜，又有恐懼，又有害怕，又有敵意，卻顯然不敢把敵意擴大。

紅綾在一旁，看到了這種情形，大是有趣，把眼睜得極大。

猛哥不等十二天官開口，就道：「各位放心，藍絲姑娘是天賜給你們的女兒，我雖然和她很有淵源，但絕不會把她在你們手裏搶走。」

猛哥這幾句話一出口，十二天官大大鬆了一口氣──原來他們是怕猛哥把藍絲搶走，他們早知藍絲和蠱苗有關，見到蠱苗族長親臨，心中就大是緊張。藍絲又跟着離去了那麼久，回來時神情又很是異樣，十二天官以為藍絲和猛哥已有了協議，要離開他們，所以才大是緊張，若真的是這樣，他們會不惜翻臉，要力爭藍絲。

如今猛哥這樣一說，證明了一切都是他們瞎想的，自然大是放心。也由於剛才實在太緊張了，一下子放下了心頭大石，人人都神情激動，甚至有眼角湧出了淚水來的。

藍絲看到了這等情形，也激動之極，她張開雙臂，十三個人擁成一團，藍絲擠在十二天官的中間，索性放聲大哭了起來。

紅綾在一旁看得莫名其妙，頻問：「她為什麼哭？藍絲為什麼哭？」

這個問題，我和白素自然都知道答案——藍絲在知道了自己的身世之後，感觸良多，早就想大哭一場了，但是沒有「觸媒」，直到十二天官那麼緊張她，她才感情澎湃，一下子全湧上了心頭，大哭了起來。

不過這種複雜的感情，向紅綾說，她也無法明白，我就回答：「她心裏不快樂，所以哭。」

紅綾更不明白：「她為什麼不快樂？十二天官對她不好嗎？」

我苦笑，正因為十二天官對她太好，所以藍絲才哭，這道理要解釋起來更難了，我只好道：「不是，藍絲很快就會不哭了，你看。」

那時，藍絲在十二天官的擁抱之下，已經破涕為笑。紅綾抓着頭，一副不理解的神情。

這時，白素向我作了一個怪臉，意思是說，看，和寶貝女兒相處，不容易吧。

不容易是實際存在的問題，但我也不以為會有什麼困難，所以我也還以一個鬼臉，表示再難，我也可以應付。白素扁了扁嘴，表示「咱們走着瞧。」藍絲止住了哭聲之後，就咭咭呱呱，向十二天官敘述她的身世，又奔過來，把白素拉到十二天官面前，很驕傲地道：「我媽媽的樣貌，和她相像。」

十二天官又是高興，又是驚訝，不住發出「啊啊」的聲音。

藍絲又介紹了她和我、白素以及紅綾的親屬關係，雖然淚痕宛然，但可以看出，她高興多而悲戚少。

我這時才留意到，藍絲和白素並不相似，反倒可以在她身上，看到當年來造訪的何先達的那種俊朗的影子——遺傳因子真是奇妙之極。

藍絲簡單地把她的身世說完，卻並沒有多說何先達為何懺悔的事。十二天官大是興奮：「放心，只要有這個人在，一定能把他找出來。」

藍絲猶豫了一下：「他不是很肯見人，武功又高，不要太勉強了，總要他自願才好。」

十二天官中那個長臉女人道：「就算你生身之父來了，我們——」

藍絲不等她說完，就大聲道：「我永遠是你們的女兒。」

她在這樣說的時候，右手高舉，做了一個看來古怪的手勢，那必然是一個十分嚴肅的誓言手勢，所以十二天官又大聲歡呼。他們又一起來到了猛哥的身前，用極恭敬的神態和語氣道：「雖說是天賜的，但也要借你之手，十二天官終生感激。」

看到十二天官那樣真誠對藍絲的態度，我心中陡然有一股衝動：把紅綾託給他們算了。他們必然會盡心盡意對紅綾，一如他們對藍絲。

白素在我的身邊，她顯然知道我在想什麼，所以用力握了我的手一下，提醒我不可再想下去。

十二天官謝完了猛哥，又向我和白素走來，個個眉開眼笑，一副喜心翻倒，想說什麼，又不知道怎麼才好的神情。白素應付這種場面的本領在我之上，她迎了上去，也是滿面笑容：「我們從此也是自己人了，藍絲是你們的女兒，又是我的表妹，我們全是一家人。」

白素和十二天官，自然並無血緣的親屬關係，但是說是一家人、自己人，倒也無不可。而最主要的是，白素的話，說出了十二天官心中想說，但又不知如何開口才好的話，所以，他們的高興，難以形容，個個激動無比。

正好有人捧了大竹筒盛載的酒來，十二天官接過來，大家就開懷暢飲。

這種情景，本來是充滿了歡愉氣氛的，我也受了感染，大口喝了幾口酒，全身都暖烘烘的，很是舒服。可是我向白素望去，卻見她眉心打結，雖然並無悲戚之容，但總和那麼歡愉的場面，有點格格不入。

我來到她的身邊，循她的視線看去，看是什麼現象惹得她不快。

只見白素的視線，一直落在紅綾的身上，紅綾那時，捧着一竹筒酒，正和一個身形很是粗壯的十二天官之一，在對飲，兩人都高捧着竹筒，酒像是泉水一樣流下來，流進他們的口中，兩人大口大口吞着，發出「嘓嘟」、「嘓嘟」的聲音，在他們的身邊，圍了不少人，都在鼓譟喧嘩，大聲叫好。

不知為什麼，地無分南北，人不論中西，都會有這種興高采烈、熱鬧無比的轟飲場面出現。

轉眼之間，竹筒之中，再沒有酒流出，紅綾和那天官各自一聲怪叫，立時又有人送上酒去。我身邊的白素踏前一步，我不等她出聲，就一把將她拉住，沉聲道：「喝酒最多醉，不會死的。」

白素頓足：「這像話嗎？我早就發現她很是貪酒，竟到了這種程度，至少該告訴她，這是酗酒，是一種很壞很壞的行為。」

我苦笑：「何必一定要現場教育？等她第二天頭痛欲裂時再說，不是更有效果嗎？」

白素緊抿着嘴，眼看在眾人的呼叫聲中，第二竹筒的烈酒，又被灌了個涓滴不剩，紅綾伸手一抹口，大聲酣呼：「拿酒來。」

我看到這裏，也不禁長嘆：「真是歎為觀止，想當年，丐幫幫主喬峰和契丹十八騎，在少林寺前喝酒的氣概，也不過如此了。」

白素狠狠地瞪了我一眼：「還有心情說俏皮話。」

我握住了她的手，發現她的手心全是汗，可知她心情確然十分激動。我忙道：「她肯不要銀猿，要爸爸媽媽，這已是大進步了。」

白素頓足：「看她這樣喝下去，怎麼得了？」

我也在想，該用什麼方法去阻止紅綾繼續拚酒才好，一抬頭間，發現已不必我再努力了——和她鬥酒的那天官，身子已向後倒去，竹筒歪在一邊，酒流了一地。

而紅綾在眾人的歡呼聲中，兀自把尚餘的半筒酒，喝個乾乾淨淨，然後，雙手拍打着自己的胸口，發出驚人的聲響。

看到這等情形，我也不免有「吾不欲觀之矣」，想掩眼轉過頭去，可是我卻也看出，紅綾真正完全沉浸在快樂之中——這樣的快樂，一個人一生之中，不知道是不是能享受到三次。

許多人湧上去，把紅綾抬了起來，拋向上，又接住，再拋起，紅綾發出驚天動地的吼叫聲。

我向面色愈來愈難看的白素道：「看到沒有，她屬於這裏。」白素冷冷地道：「她如果在運動場上奪標，也能有這樣的待遇。」

我沒有出聲。我知道，藍絲和十二天官的問題解決了之後，紅綾的問題又會擺在面前，那是避無可避的事。白素還想說什麼，我也有話說，兩人同時開口，看到對方正要說話，也就停了下來讓對方說，就在這一耽擱之間，只聞得一蓬酒味襲到，紅綾已奔到了我們的面前。

由於興奮，她滿臉通紅，汗水涔涔，笑逐顏開，全身酒味，造型之古怪，別說沒有一絲一毫大家閨秀的風範，簡直無法分類。

我看了之後，也不禁暗暗搖頭，她卻不知道她的父母正在為她傷腦筋，咧着一張大口，酒氣噴人：「那天官說他酒量好，哈哈哈。」

白素不說話，只是望着我，我不忍掃她的興，但也不得不道：「酒喝多了，對身體不好。」

紅綾一揚手：「那醉了的天官說，他的師傅，一天至少要喝十筒酒，身體好得像鐵打的一樣。」

那「醉倒的天官」的師傅，自然是老十二天官之一。老十二天官是身負絕藝，縱橫江湖的人物，在這一類江湖豪客之中，頗有酒量之豪，匪夷所思者，我就曾親眼見過一名燕趙大漢，一腳踏在板凳上，姿態不變，一口氣豪飲了十七碗白乾，臉不紅氣不喘的。紅綾這時所說的，當然可能是事實。

但是我仍然不能表示同意。

（這真是很無奈的事，也很悲哀——何以父女之間竟不能隨心所欲地交談，非得按照一些不知由什麼人訂下的規範來教育她呢？）

當下我道：「老十二天官去世已久，他們的事，也沒有什麼可以作準的了。」

我當時只不過是隨便一說，也沒有什麼特別的意思，紅綾聽了之後，側着頭，略想了一想，也沒有再說什麼。那三大筒烈酒，足可以令一頭水牛醉倒，可是紅綾的酒量之高，超乎我的想像，看來她只是略有酒意而已，至少她仍可以覺察到白素神色有點不善，而且，她也知道如何能使白素高興。

所以，她挨向白素，拉起白素的衣襟來抹汗，咧着嘴向白素傻傻地笑，白素忙替她抹汗，拍着她的背：「別喝太多酒了。」

紅綾大聲答應着，在接下來的時間中，我用心觀察，發現紅綾有一個好處，她答應了不再喝酒，當真説得出做得到，好幾次，竹筒已傳到了她的手中，她舉筒想喝，可是向白素那裏望一下，又把竹筒交給了別人。而更難得的是她在那樣做了之後，一點也沒有不高興之感，一樣大聲酣呼，痛快淋漓。

白素表現得很沉默，過了好一會，她才道：「不能再讓她留在苗疆了，回家去，她很快就能適應文明人的生活。」

看來，要白素改變主意，絕無可能，這時，輪到我默然了。白素又補充：「我對她説過，她對於文明人的生活，很有興趣。」

我道：「只要她不是只是感到新奇就好。」

白素一字一頓：「她會適應，也必須適應。」

我對白素的這句話，同意上半句，而不同意下半句，可是我沒有出聲，因為我想，如果適應，自然好，不適應，她也可以隨時回苗疆來。

這時，天色也漸漸黑了下來，參加狂歡的苗人愈來愈多，我和白素被請到了一個草棚之中，有豐富的食物在等着我們。

我抓起了一隻不知是什麼動物半焦的腿，大口啃着，白素只是斯文地把山雞撕來吃。不一會，藍絲進來，她也俏臉通紅，神情興奮，坐在白素身邊：「要是小寶在，他一定高興極了。」

我哈哈一笑：「我決定回去之後，不對小寶說你和我們的關係。」

藍絲笑道：「你們忍得住不說，紅綾一定忍不住。」

我呆了一呆，向白素望了一眼，心想：原來你早已決定了要帶女兒回家，卻不對我說。

可是我一望之下，立即知道自己想錯了，因為白素一聽得藍絲這樣說，神情竟是大喜過望，一伸手，握住了藍絲的手：「這……這是她說的？」

藍絲點頭：「是她說的，她說，一到，就按住小寶的頭，叫他叩頭，就把我是她的什麼人，告訴小寶。」

白素笑容滿面，問我道：「聽，這孩子願意跟我們回家了——我甚至還沒有向她提出來。」

我點頭：「我並沒有和你站在相反的立場——只要她自己高興，只要她快樂，我們的立場一致。」

白素大是高興，向廣場上去找尋紅綾的蹤影。這時，廣場上已燃起了許多篝火，火光熊熊，人影晃動，很難認人，正在找着，只見紅綾和十二天官，一起向我們所在的草棚走來。

十二天官排成了三排，每排四個人，很是整齊，卻由紅綾帶着頭。十二天官個個神情肅穆，紅綾則仍是一副笑嘻嘻地，天塌下來也不在乎的神情，奇在她的手上，捧着一個布包。

一見這等陣仗，我可以知道必然有不尋常的事發生，首先向藍絲望去，只見藍絲也面有訝色，搖了搖頭，表示她也不知道發生了什麼事。

再向白素望去，她也茫然。由於十二天官來得隆重，所以我和白素一起站了起來。紅綾來到了草棚，仍然把那布包捧在手上，這時我才看出，那包裹是用一幅刺繡來包着的，但是那刺繡也十分殘舊，顏色模糊，所以也看不清有點什麼繡在上頭。

十二天官跟着也是走了進來，在這樣的情形下，我自然只有等他們先開口。

開口的是那個瘦老頭（他們各有名字，我也記住了，可是提他們的名字，沒有意義，還是提他們的特徵，容易記住誰是誰），他踏前一步，道：「剛才紅綾說，衛先生說了：『老十二天官去世已久，他們的事，也沒有什麼可以作準的了』。」

我一聽，心中就不禁一凜，我確是這樣說過，莫非十二天官對我這句話表示不滿，興問罪之師來了？如果是這樣，那未免小題大做了。

我維持着笑容：「是，紅綾剛才酒喝多了，我勸她不可以前輩人物的每一種行為作準。」

我自問解釋得很是得體。可是十二天官根本不聽我的解釋，只是自顧自嘆了一口氣，仍由那瘦老頭說話：「老十二天官縱橫江湖，是了不起的人物，他們迫不得已，才在苗疆落了難，收了我們為傳人。老十二天官臨死之前，曾有一番吩咐——」他說到這裏，頓了一頓，神情更是莊嚴。

這時，我也看出，他們是有事要找我商量，並不是為了我的那句話來找麻煩的。白素也看出了這一點，所以她道：「大家坐下來好說話。」

十二天官坐了下來，紅綾來到藍絲的身邊坐了下來。藍絲指着她手中的包裹，紅綾卻向十二天官指了一下，說明那是十二天官的東西。

大家都坐下之後，那瘦老頭續道：「老十二天官臨終，曾說，他們一生所做的大事，都由其中一位，摘要記了下來。吩咐我們有機會，去找一個極可靠的人，整理一下，公諸於世——」

他那幾句話，說得很是生硬，顯然那不屬於他自己的語言，而是生吞活剝，硬生生背熟了的。

我一聽，就吃了一驚，失聲道：「有這等事？」

瘦老頭道：「是，老十二天官中有一位，在傷好了之後就一直在寫寫寫，寫了很多，全在這裏面。」

他說着，向紅綾手中的包裹指了一指。

紅綾一昂頭：「他們說，你是他們最相信的人，他們求你，你不肯答應，我來求你，你一定會答應。」

紅綾這句話一出口，十二天官大有尷尬神色——紅綾天真無機心，正合了

「叫他不要説的那句話都説了」的情形。

我忙道：「這位前輩的記述，只怕許多事和天官門的秘密有關，外人不便隨便看，還是你們自己留着的好。」

瘦老頭忙道：「老十二天官並沒有教我們認漢字。而且，天官門早已沒有了，也就沒有什麼隱秘可言。」

他一面說，一面有所動作，紅綾卻已叫了出來：「你別踢我，我會説。」她把那包裹在我面前一放：「天官説，女兒有事請求爸爸，沒有不答應的，是不是？」

我為難之極——天官們在江湖上詭異神秘，殺人如麻，結仇極多。雖説事隔多年，但難保沒有仇家在含辛茹苦等着報仇的，我如果一沾上了手，風聲傳了出去，誰知道會帶來什麼樣的麻煩。

若是十二天官自己來求我，早已被我一口回絕，可是他們偏拉了紅綾來出頭，我若是拒絕，這是紅綾對我的第一個要求，豈非令她大失所望？

第二部

十二天官的名字

出典極古

白素在這時，替我解了圍，她道：「紅綾這話說得對，可也不是全對。不過你爸爸一定會答應。」

她向我望來，我明白她的意思，是答應了，不會有什麼害處，只要我們不說，誰也不會知道。

所以，我點了點頭，紅綾大喜，一下子撲了過來，摟住了我的頭，親熱無比，她任務完成，又跳蹦出了草棚。

十二天官鬆了一口氣，作了一個手勢，示意我打開包裹來，我解開了那幅刺繡，就看到了一隻玉盒。

那玉盒相當大，有四十公分長、二十公分寬和高，玉質晶瑩透徹，竟是罕見的美玉。

白素在一旁，抖開了那幅刺繡，我和她同時發出了一下低呼聲。

那刺繡約有一公尺見方，正中繡着「天官門」三個篆字，字旁繡着十二個方格，呈圓圈狀排列，每個方格之中，都有兩個或三個篆字繡着，有好幾個，我竟然一下子認不出那是什麼字來。

但是只要大多數字都可以認得出來，也就可以知道那些字的全部意義。而要認出大多數字，也是很容易的事——在方格的四周，有簡單但是明瞭的動物圖案，一望而知牠們是什麼，那是十二種不同的動物，代表了地支，也就是俗稱十二生肖的鼠、牛、虎……。

在那幅刺繡的一邊，還有一些帶子，我失聲道：「這是一面令旗。」

白素立時同意：「是，這是天官門的令旗。」

江湖上的各門各派，各幫各會，都有自己的信物，務求一展示，就天下皆知。這面天官門的令旗，如今看來殘舊不堪，在藍家峒隱藏了幾十年，若不知來歷，只當是一幅發了霉的刺繡。但是知道它的來歷，可以想像它當年迎風展飛，黑白兩道莫不趨避的神威，令旗一到，十二天官令出必行，取命奪魂，誰人不驚。

我伸手在令旗上輕輕撫摸着，同時，心中也不禁暗叫了一聲「慚愧」。我剛才還說，十二天官各有名字，但是名字並沒有意義，這時，才知道自己錯了。十二天官各自向我自報姓名，我以為那是「布努」的發音，反正聽來很不順耳，以為那只是他們的苗人的名字。

可是此際，看到了繡在令旗上，那十二個方格中的篆字，才知道大謬不然。十二天官的名字，不但有出典，而且出典極古，出自《爾雅》，是中國古代陰陽家和古天文學家共認的專門名詞：太歲在子曰「困敦」，在丑曰「赤奮若」，在寅曰「攝提格」——這個詞比較普遍，因為屈原在他的長詩《離騷》中提及過。

在卯曰「單閼」，在辰曰「執徐」，在巳曰「大荒落」，在午曰「敦牂」，在未曰「協洽」，在申曰「涒灘」，在酉曰「作噩」，在戌曰「閹茂」，在亥曰「大淵獻」。

我再向十二天官看去，發現他們各自的外形，也和那十二種生物很是吻合，瘦老頭又乾又瘦，是十二天官之首，形像就像鼠（子），那個和紅綾拚酒，醉倒在地的壯漢，看來就像是一頭大牯牛，他兀自還有醉意，連眼都不是很睜得開。我知道自己犯了錯，可是仔細想想，也實在不能怪我，試想，當一個留着山羊鬍子的苗人，向你介紹他自己的名字是「協洽」的時候，誰會想得到他的名字，是來自歷史悠遠到了難以查考的古書《爾雅》之中的呢？

不過我並不因之原諒自己，而且很感到自以為是的可怕——一心認定是這樣，可是事實完全相反，在一些情形下，可以形成可怕的結果，變成巨大的災禍。當下，我吸了一口氣，白素已小心地把那令旗，摺了起來，同時，也向我略伸了伸舌頭，顯然她也沒把十二天官的名字當作一回事，現在才知大有來歷。

後來，白素笑着說：「看來，十二天官一代傳一代，名字都是固定的。不但名字固定，而且外型也要吻合，可能是選擇傳人的時候，早已揀定了的——乾瘦的孩子是猴，胖孩子是豬。」

我沒有異議，從現在的十二天官的外型來看，這種說法，可以成立。

當下，我恭而敬之地揭開了玉盒的蓋子——我的恭敬態度，令十二天官很是高興。

使我和白素大為吃驚的是，那麼大的一隻玉盒之中，竟是滿滿的玉版紙——那種紙又薄又韌，是古紙中的極品。而更令人吃驚的是，紙用白絲線裝訂成很整齊的十二冊，隨便拿一冊起來翻翻，每一頁之上，都寫滿了密密麻麻的小字，那些字雖然小，可是工整秀麗之極，單是字的本身，已是中國書法藝術上的瑰寶——古人常說，「蠅頭小楷」，在這十二冊上的字，比蠅頭還小，只如芝麻般大，可是定神看去，每一個字都疏而不密，大具氣勢，彷彿還有不知道多少空間，可供圍旋馳騁，若不是真正在書法藝術上有極高造詣的人，這樣的字，半個也寫不出來，別說這裏至少有十萬字以上了。

我和白素的驚呆神態，當然都落到了十二天官的眼中，他們幾乎齊聲問：「怎麼啦？」

我一字一頓：「老十二天官之中，竟然有這樣的人才。他們的事，不應該湮沒，我會好好拜讀，而且盡力整理出來，使他們的聲名，重彰天下。」

十二天官個個手舞足蹈，高興莫名，瘦老頭道：「師傅臨死之時，曾說就是這一件心願未了。如今他們在天之靈，必然大為高興了。」

我當時，只是看到書法的精美絕倫，並沒有看內容，就立刻作出了豪言狀語式的承諾。

後來，我和白素，仔細地把那十二冊，至少有二十多萬字的記錄看完，這才知自己當日所作的承諾，是何等草率。老十二天官記錄下來的一切，經過了半個世紀之後，當然都成了歷史。可是其中牽涉到近代史上人物之多，牽涉到的事件之多，令人氣都透不過來。

而且，許多許多事件，許多許多人物，如果相信了老十二天官的記錄，就根本不必念近代史了，相比較之下，十之八九的所謂「史實」，都有不可告人，甚至和表面現象完全相反的事實經過。

這些資料，如果整理出來，會引起近代史研究上的極度混亂。而且，半個世紀畢竟不是太久，也自然會引起難以估計的咒罵和譏嘲。

那一些，是無論如何不能公開發表的了。

還有許多，是江湖上的爭鬥殘殺，爭金奪利，精彩紛呈，有離奇到難以想像的，再就是他們如何和軍隊對抗的經過了。

這兩部分，倒可以選擇整理，公諸天下，至少，他們的經歷之奇，會看得人如癡如醉。

這自然是後話了，當時，就算想到日後有關於十二天官的記述出現，也必然不屬於衛斯理故事的範圍。因為那是十二天官的歷史，和我無關。可是世事有時也真難料得很。

當時，我們只是略翻了一翻，便再把玉盒的蓋子蓋好，這玉盒，不久就起了一個意想不到的作用，那是白素想出來的。

狂歡竟夜，到了第二天早上，我醒來之後，看到白素已不在身邊，走出屋子，迎着朝霞，空氣清新無比，一面深深吸着氣，看到紅綾和白素，正並肩自林子中走出來，紅綾手中，拿了一大束野花，白素正在對她道：「你可有什麼東西要帶走的？」

紅綾大是奇怪：「你不是說文明世界什麼都有嗎？還要帶什麼？」

我迎了上去：「文明世界有很多東西，這裏沒有。這裏也有很多東西，文明世界沒有。」

紅綾似明非明，只是睜大了眼睛，從她澄澈的眼光之中，可以看出她的機靈和聰穎，她道：「要是我不喜歡文明世界，我可以回來。」

白素糾正她的話：「要是你經過了真正的努力，實在仍然不喜歡，你可以回來。」

紅綾側着頭，很認真地在想，同時向我望來——她很聰明，知道在我這裏，經常可以有一些「討價還價」的餘地。可是這時，白素在我身邊，以她的手指抵在我腰際的「笑腰穴」上。我知道，只要我一開口，她必然發力，我就會不由自主，哈哈大笑，根本說不了話，所以，還是不開口的好。

紅綾見我沒有什麼反應，她又想了一會，也就同意了白素的說話，她一面點頭，一面道：「好。」

白素滿心歡喜，我卻大有隱憂，因為把紅綾帶到文明世界去，會有什麼後果，誰都不能想像。

藍絲這時也走了過來，神情很黯然：「真想跟你們一起去看小寶，可是功課到了緊要關頭，非但走不開，還要有七七四十九天與世隔絕的修煉。」

想起降頭術的神秘，我和白素也無從置喙，只好安慰她：「像是凡人修仙一樣，過了九九八十一關，就歷劫成仙，變為大降頭師了。」

白素接了上去：「到那時，一定第一時間，接你見小寶，或是送小寶來見你。你和小寶之間，已經再也沒有障礙了，你應該高興才是。」藍絲一聽，就笑了起來，她雖然在血統上不是苗人，但是從小在藍家峒長大，當然和真正的苗女無異，性情也相近，這時迎着朝陽一笑，燦若雲霞，十分奪目。

十二天官也來了，峒主也來了，許多苗人圍了上來，紅綾在這裏住久了，也認識了許多人，個個都爭着來和她惜別，紅綾並不傷感，但也不拒絕和人親熱。十二天官中的那瘦老頭提議：「有一柄苗刀，最好的，曾給溫寶裕帶在身上去盤天梯，是我們給藍絲準備的，現在想送給紅綾留念。」

這個提議，不單是白素，連我也嚇了一跳，雙手連搖：「不必了。不必了。苗刀對苗人有特殊的意義，還是留給藍絲的好。」

十二天官想了一想，總算收回了提議——老實說，不單是我，連一向泰山崩於前而色不變的白素，也說是嚇得出了一身冷汗。

試想，紅綾赤手空拳，到了文明世界，會發生什麼事，已經難以想像，她要是再隨身帶上一柄鋒利無匹的苗刀，那是什麼驚心情景。

擾攘良久，我、白素、紅綾和藍絲，上了直升機，猛哥和他的隨從，昨晚已然離去，據藍絲說，猛哥會依計行事，因為他非找到何先達不可，不然，就只好一直在千山萬巒之中，做他的流浪族長了。

十二天官在直升機升空之後，一直翹首相望。藍絲駕機，她送我們到機場之後，還要駕直升機回藍家峒，然後再去進修她的降頭術課程。

紅綾從機場進入城市，是乘搭了陳耳安排的警車——必須在這個城市中停留兩天，因為要替紅綾準備「旅遊證件」，這是文明人的麻煩，猴子從這座山跳到那座山，不需證件，人從這裏到那裏，就要證件。

通過陳耳在警界的影響力、猜王降頭師的地位，要替紅綾準備證件，並非難事。而在這兩天中，我和白素就使紅綾初步接觸文明。

在這之前，我和白素都不免很緊張，不知紅綾在進入了文明社會之後，會有什麼樣的反應。

可是，情形卻大大出乎我們意料之外。在苗疆的時候，紅綾的行動，仍然活脫脫是一個大野人，動作的幅度大，鮮蹦活跳，沒有片刻安靜，經常無緣無故，一跳就是一公尺高，翻起筋斛來就是十七八個，還擅於用各種聲音來表示她的心情。

用聲音來表示喜怒哀樂，本來是人類的行為，可是她或是吼叫，或是尖叫，或是轟笑，聲量極高，震耳欲聾，溫寶裕令堂大人的尖叫聲，本來已是夠駭人的了，可是若和紅綾相比較，簡直不可同日而語，如蚊鳴之遇獅吼，差之遠矣。

還有許許多多，對紅綾來説，再自然不過的行動，一放在文明社會之中，莫不驚世駭俗，會起到擾亂社會秩序的惡果。

所以，當白素在教她到了文明社會之後，應該怎樣，應該如何之時，我雖然看出紅綾一副搔耳撓腮，不耐煩的樣子，但是也不出聲，任由白素教她。

同時，我和白素兩人，也有了默契——我們兩人不離她左右，像她是嬰兒一樣地照顧，那麼，就算她有不自覺的撒野行動，也可以及時制止。我們倒也相信她會聽話，會盡量注意自己的行為，不會故意亂來的。

有了這樣的防範，那是我們所能做的最好的了。

到了機場，紅綾不是第一次來，陳耳她也見過，上了車，驅車直進市區，那時，正是大白天，是城市最繁忙的時候，紅綾坐在白素的身邊，她的身子陡然震動了一下，連我坐在前面，也可以感覺得到。

我立時回頭看了一眼，看到紅綾雙手抓住了窗子的邊，雙眼睜得老大，瞪着外面看，她不住在看，看得幾乎連眼也不眨一下。

那時，白素也在注視着她的舉動——她其實沒有什麼行動，只是在看，在拚命地看，用盡心神地看，一刻也不放過，什麼也不放過地看着。

當晚，在紅綾睡了之後，我和白素在離她的睡牀不到三公尺處坐着喝酒，雖然經過一日來的緊張「戒備」，十分疲倦，可是都不想休息。

因為紅綾的表現，出乎我們的意料之外，那使我們感到興奮，精神也就處於亢奮的狀態。

一直到紅綾倦極而睡，她都行動正常之極，比一個天性文靜的女孩子更文靜。

她只是不斷地看，不論在什麼場合，她都是用心地看着，甚至於也不多問——有些情形，我們肯定她不明白的，就講解給她聽，她也十分用心地聽着。

而且最令人開心的是，由於她的外形，看來早已不是野人了，所以根本沒有引起人群的特別注意，而且，也有些青年人，把目光投在她濃眉大眼的臉上，更有向她擠眉弄眼的，紅綾自然渾然不覺。

這時，看她在牀上攤手攤腳地睡着，發出平穩的鼾聲，我和白素，和天下父母一般，都有心滿意足之感。

白素望着我笑：「酒店大堂一個小伙子向我們紅綾眨眼，你怎麼不給他一點教訓？」

我呵呵笑着：「你又何以不出手？」

白素笑：「第一天平安度過——」

我嘆了一聲：「但願日日如此，年年如此。」

白素吸了一口氣：「她的情形，像是……像是……」

她遲疑了一下，想不出什麼適當的形容詞來。我接了上去：「像是一個機械人，正通過一組攝錄裝置，把一切全部記錄下來，交由中樞機構去分析，化為資料，保存下來，成為記錄。」

我的比擬，聽來雖然怪異，但白素卻不住點頭：「她是那麼渴於吸收見到的一切，可以想像，不久的將來，必然會有排山倒海一樣的疑問。」

我搓了搓手：「這正是渴求知識的人得到知識的正常途徑。」

白素把頭靠在我的肩上，我們好久不說話，享受着難得的寧靜。

接下來的一天半，情形相同。紅綾有一些反應，很出乎意料，例如在大規模的玩具店中，紅綾對各種電子玩具，有興趣之至，但是對於女孩子普遍喜歡的各種絨毛動物，卻厭惡得很，我把一隻大猴子推到她面前，她連聲道：「不要，不要，那是……那是……」

白素忙在一旁解釋：「那是假的，不是真的殺死了一隻猴子製成的。」

紅綾這才鬆了一口氣，我和白素交換了一下眼色，心中都是同一主意：「千萬別帶她去參觀有動物標本陳列的地方。」

猜王隆頭師對紅綾也有興趣之極，紅綾對降頭師並不避忌，在降頭師身上的那些奇蛇異蟲，紅綾在原始生活中不但見慣，而且只怕都曾嚼吃生吞過。

猜王對紅綾的興趣高到了他甚至旁敲側擊道：「藍絲跟我為徒，已經快滿期了。這年頭，徒弟找好師父難，師父找好徒弟也難啊。」

一番話，說得我和白素，不約而同，裝成完全聽不懂，猜王「暗示」不成，也就沒有繼續下去。在上了飛機之後，白素才鬆了一口氣：「一家人裏面，有一個降頭師就夠了，總不成表妹是降頭師，女兒也是降頭師。」

猜王倒也沒有生氣，反倒送了一件古怪的禮物給紅綾。那是一塊形狀扁平，作不規則狀，大小如嬰兒手掌的一塊淡黃色的琥珀。

在那塊琥珀之中，可以清楚地看到。一共有七隻小昆蟲在裏面。琥珀是樹脂形成的，裏面有昆蟲，也並非罕見的物事，但出自猜王隆頭師之手，當然非同凡響。

我和白素，暫時都不知那有什麼特別用途，猜王也沒有說，等見了藍絲，一問之下，自然會明白。

得了那塊琥珀之後，紅綾十分喜歡，她一直沒有要我們買什麼，那次卻指着一條鏈子，說了一聲：「我要。」

買了鏈子，琥珀上又有一個小孔，串起來掛在頸際，倒是一件現成的別致飾物。

在臨上大型客機之前，白素把那十二天官給的玉盒，珍而重之交給紅綾：「這玉盒給你保管，那是很重要的東西，藍家峒十二天官交給你的時候，曾對你說過什麼來？」

白素其實並不知道十二天官對紅綾曾說過什麼，但是她根據當時的情形，推測到十二天官必然曾說過一些話的。

紅綾忙道：「十二天官說了，這盒子很重要，教了我一番話來求你們，我都說了。」

白素道：「你是成年人，要懂得做點負責的事，這玉盒很容易碎，你要小心保管。」

紅綾很樂意接受這個任務，大聲答應。我知道白素的意思，這是怕她在航機上闖禍，所以派一件事給她做，她專心保管玉盒，自然心無旁騖了，這玉盒還有這種額外功用，自然意想不到。

不過，也有意料不到的事，由於我們是由陳耳陪同上機的，所以，受到了些特別的待遇，紅綾還可以去參觀駕駛艙——她也要帶了那玉盒去，倒引起了一陣緊張，我打開玉盒讓機員看了，才釋了機員的懷疑。

紅綾乘過直升機，大飛機對她來說，新之又新，她倒是全神貫注地看，很少發問。而她忽然問了的一個問題，是我們怎麼也想不到的。

那時，飛機飛離了陸地，飛到了海洋的上空，她指着下面，駭然問：「那是什麼？」

她見過河，見過瀑布，見過湖，可是沒有見過海，沒有見過那麼無邊無涯的一片大水。

要回答她這個問題，說簡單也可以，說不簡單也可以。白素找出了一隻小小的地球儀來，開始不厭其詳地告訴她海洋是怎麼一回事。

我之所以十分詳細地叙述這一切經過，是想概括地說明，我們如何把各種常識灌輸進紅綾的腦中，而紅綾吸收知識的能力之強，也着實令人鼓舞。

我們和紅綾之間，就是這樣地進行知識的傳授，把其中的一兩件經過說得詳細一些，以後就可以簡略了，因為這些經過，畢竟和故事的情節無關，只是細節，有趣的不妨多說，無趣的只宜簡略。

我們沒有通知任何人來接機，不過溫寶裕只要我不在，每隔幾小時，必然會用各種通訊方法打聽我的下落，他一定第一時間可以知道我回來了。

在門口，我們停了一停，仰頭望，可以望到一個窗子，當年，窗上的鋁條被撞開，紅綾就是從那窗口，被她的外婆，陳大小姐帶到苗疆去的。

現在，我們竟然能在經過了那麼久傷痛的歲月後，又把紅綾自苗疆帶了回來，怎不叫人感慨萬分。

第三部

謎團終於解開了！

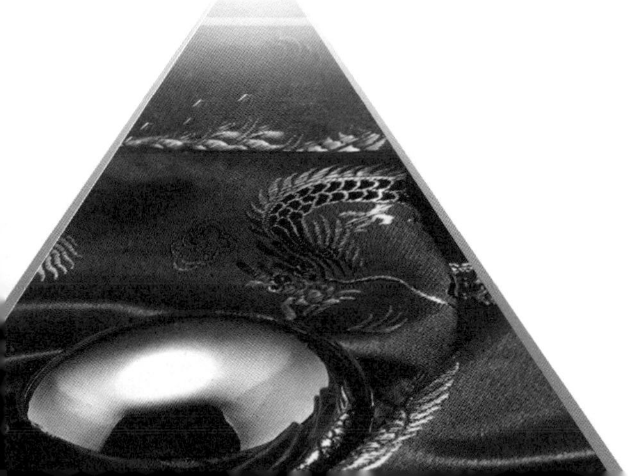

在來到門口之前，我們已向紅綾介紹了誰是老蔡，而老蔡也早就在錄影帶中看過，當年他替她洗澡換尿片，看她在地上爬，讓她騎在背上的「小人兒」現在是什麼樣子的，可是兩人相見時的情形，仍是令人難忘。

一按門鈴，老蔡開門，紅綾本來站在我們的身後，我們兩人分了開來，好讓老蔡看到紅綾。老蔡一見到紅綾，整個人像是觸了電一樣，直上直下，跳了一下，雙手張了開來，伸向前，那種姿勢，十足像是一個「殭屍」，他雙眼發直，口張得老大，發出沒有意義的古怪聲音，看他的樣子，像是要衝過來，可是雙腳卻釘在地上，再也難以挪動半分。

我和白素，不約而同，輕輕推了紅綾一下，紅綾現出極好奇的神情，打量着老蔡，走到了老蔡的面前。老蔡已然淚流滿面，一聲「小人兒」在他的喉際打着滾，變成了莫名其妙的聲音。

等到紅綾來到了他的身前，老蔡的身子總算回復活動能力。看來，他像是想把紅綾抱起來，可是紅綾站在他的面前，比他高了兩個頭，又粗壯無比，老蔡哪裏有做手腳處？

紅綾則全然不知老蔡想做什麼，只是看着覺得有趣。就忍不住哈哈大笑了起來。她一笑，我和白素也覺得滑稽之極，也跟着笑，老蔡一面流淚，一面也忍不住呵呵哈哈笑了起來。

四個人笑成一團，在笑聲中進了屋子。才一進屋子，只聽得樓上一聲長嘯，嘯聲飛舞直瀉而下，卻是溫寶裕自樓梯的扶手上直滑了下來，一躍而下，落在紅綾之前，手舞足蹈，先是幾下「啊哈」，接着道：「真好，你終於來了。」說着，還揚手去拍打紅綾的肩頭。

紅綾看到了溫寶裕，也很高興，先也是手舞足蹈了一陣，但忽然收起了大動作。溫寶裕並沒有注意到這改變，指着老蔡：「你該去看看他替你收拾的房間，他還把你當成抱在懷裏的小孩子，哈哈，那張牀，只夠放下你的一對腳。哈哈。」

紅綾不但個子粗壯，更是手大腳人（腳更大），溫寶裕在取笑她，她也不以為意，只是笑嘻嘻地望着他：「藍絲有一句話要我帶給你。」

一聽到「藍絲」兩個字，說也奇怪，溫寶裕就像吞下了大量鎮靜劑一樣，陡然靜了下來。

我和白素一聽得紅綾這樣講。不禁大是意外，因為我們不知藍絲要紅綾帶來的一句是什麼話。而我和白素，決定了暫時不把藍絲的身世告訴溫寶裕——也沒有什麼特別的原因，只是想藍絲親口告訴他。

所以我忙道：「紅綾，是什麼話，先說給我聽。」

我的意思是，如果藍絲要紅綾說的，就是她身世的秘密，那麼，就叫她不要說。

誰知紅綾處事的方式，一是一，二是二，不會轉彎，我這樣一說，她大是奇怪：「藍絲叫我告訴小寶，沒叫我告訴你。」

我無法可施，攤了攤手：「那你就說吧。」

小寶為人乖覺，已感到有些事會發生，所以他笑了一下：「怎麼，倒像是有什麼大秘密一樣。」

紅綾指着小寶：「藍絲是這樣說的——」

她說着，就學起藍絲的姿勢神情和語氣來：「小寶，你是紅綾的長輩了，要拿點好樣子出來。」

紅綾和藍絲，是從外形到內在，都截然不同的兩個女孩子，但紅綾是和猿猴在一起長大的，猿猴有天生的摹仿本領，紅綾也學會了。所以這時，一擺出藍絲的樣子來，竟然維妙維肖，傳神之至。

溫寶裕一聽，他再聰明，也無法明白那是什麼意思。所以他問：「什麼意思？」

紅綾道：「我不知道，藍絲要我說的。」她說着，又轉過身來問我：「什麼意思？」

我學着她：「我不知道，藍絲說的。」

溫寶裕大叫一聲，一下子跳到了我的面前，大叫：「你知道的。」

我承認：「是，我知道，可是不告訴你，卻又如何？」

溫寶裕盯着我看了半晌，變換了千百種神情，表示他心中所思——我敢說其中有一個想法，是想把我的頭用利斧劈開來，以取我腦中所藏的秘密。

但是他也知道，不論他想了多少方法，絕無一件是可行的，所以他一頓足：「人與人之間，只能間接溝通，真是落後。」

這幾句話，紅綾不懂，就問：「什麼意思？」

溫寶裕滿臉堆笑：「你把你的話解釋給我聽，我也講給你聽。」

紅綾搖頭：「我沒有說過什麼，那只是藍絲的話。」

溫寶裕抓着頭：「請你再說一遍。」

紅綾就再裝成是藍絲，又說了一遍，看得一旁已擦乾眼淚的老蔡大樂：「小人兒在幹什麼。練『三娘教子』啊。小把戲又是什麼長輩了？」

溫寶裕呆了幾秒鐘，向白素望去。

白素笑：「自己去想，想到了，會有趣得多——其實不難想，紅綾，走，看看你的房間去。」

白素伸手拉了紅綾向上走，我跟在後面，溫寶裕搶過來，向我擠眉弄眼，我不加理睬，逕自上了樓。

上了樓之後，回頭一看，看到溫寶裕正在團團亂轉——這個謎團，給他三天時間，他要能想得出來，算是他聰明過人。

所以我也不理他，看老蔡上了樓之後，加快幾步，推開了房門，讓紅綾進去。紅綾進了房間之後，神情古怪之極，我跟進去一看，也不禁好笑。老蔡佈置的房間，竟和紅綾當年叫人抱走的時候差不多，他明知紅綾早已長大，卻還作了這樣的佈置，自然是往事給他的影響實在太深刻之故。

我拍着老蔡的肩頭，又是一陣感慨，白素也開聲對紅綾道：「照你自己喜歡的改。」

這一句話，後來也惹出了一些事來——紅綾替她自己選擇的牀，是一張繩子結成的吊牀，她極之喜歡，享受那吊牀，不肯更換。

白素在努力無效之後，自己安慰自己：「算了，就讓她睡吊牀好了，古墓派的小龍女，還睡在一根繩子上呢。」

我聽得她那樣說，不禁笑得前仰後合，把五大三粗的紅綾和小龍女相提並論，大抵也只有她做母親的人，才能如此。

紅綾一到，有許多閒雜的事要處理，有不少相識都來看紅綾，我和白素要帶她到處去走動，趁機把各種各樣的知識灌輸給她，而且，除非是在家中，一離家外出，我和白素都寸步不離她左右，以免出事。每天晚上，不等她睡了，我們也不敢合眼。

幸好，連幾天，紅綾都很正常，而且看得出，她對文明生活的適應力，遠在我的估計之上，這自然更令得白素得意非凡。

但是，也不是沒有小事故的。紅綾很喜歡喝酒，家裏的一些酒藏不到十天，就給她喝了個精光，而且公然討論酒味：「苗人的酒，比這些酒好喝得多了。」

這句「酒評」，若是叫她的外公白老大聽到了，只怕會氣得要死——給紅綾當冷開水一樣，灌進肚子去的酒之中，包括了不少白老大從各地蒐集來的陳年佳釀在內，市場價格十分驚人，她竟說比不上苗人的土酒好喝。

溫寶裕這些日子，一直在想藍絲的那句話是什麼意思，他好幾次涎着臉求告：「說了吧，至少給點提示。」

我給他糾纏不過，就道：「從『長輩』兩字上着手。」

溫寶裕和胡說兩人，已研究了三天，仍不得要領，那天恰好聽到紅綾在大發謬論，靈機一動，投其所好，去弄了一罈酒精成分極高的中國白乾來，紅綾一碗下去，就大呼小叫，覺得這酒，才對了她的胃口。

溫寶裕趁機向紅綾問長問短，紅綾卻謹記着藍絲的吩咐。溫寶裕問，她就照做照説一遍，並沒有任何進一步的解釋。

溫寶裕起了歹念，心想把紅綾灌醉了，酒後吐真言，秘密就揭開了。於是，不住地勸紅綾喝這烈酒，在勸人喝酒的同時，他自己也難免在紅綾乾了十杯八杯之後，也乾上一杯。

不消兩個小時，一罈酒喝得精光，紅綾縱聲大笑，拍手頓足，溫寶裕抱住了酒罈，爛醉如泥，二十四小時猶未醒轉，白素大是責怪——當時她不在，她怪我不阻止兩個孩子喝酒。

白素召來救護車，把溫寶裕送到醫院去吊鹽水，主治他的醫生是鐵天音。

溫寶裕一直到三十六小時之後，才算是神智清醒，他媽媽心痛不已，弄明白了是和一個女孩子拚酒才落到這步田地的，聲勢洶洶來到我的住所，和紅綾打了一個照面，就呆住了。

紅綾一見溫媽媽，也呆了一呆，那是由於她從來也沒有見過一個那麼胖的人之故。兩人見面，不到一秒鐘，事情就發生，快到了我和白素都來不及阻止的地步。

紅綾一見溫媽媽，就「咦」地一聲，伸手出去，我和白素在旁，根本不知道她想作什麼，紅綾竟然已把溫媽媽攔腰抱了起來。

溫媽媽自從體重超過八十公斤之後，只怕未曾受過這樣的待遇，以致一時之間，花容失色，雙腳亂蹬，竟忘了發出尖叫聲。

而紅綾抱着超過一百五十公斤的溫媽媽，舉重若輕，轉過身來向我和白素道：「咦，這個人是真的，不是吹氣脹大的那種。」

我們這才明白，我們的寶貝女兒，一見溫媽媽渾圓的體型，以為她是吹氣脹大的橡皮人了，一抱之下，發現很有分量，才知道她是真人。

白素忍住了笑，忙喝：「快放手，這位是小寶的媽媽。快放手，輕一點。」

這「輕一點」三字，非說不可，不然，紅綾若是用力一頓，把溫媽媽放下來，溫媽媽的腿骨非斷折不可，那就真的闖大禍了。

紅綾總算輕輕地把溫媽媽放下。溫媽媽驚魂甫定，木立當地，仍然說不出話來。

接着，她連打了幾個倒退，這才「呼」地吐出了一口氣，想要發作。

可是就在這時，白素已指着紅綾道：「這是我們的女兒，紅綾，叫溫太太。」

紅綾的神情，仍然把溫媽媽當成了是吹氣的玩具人，不過她還是叫了一聲。想不到她一叫，剎那之間，溫媽媽的胖臉上，血色全無，全身肥肉發顫，陡然發出了一下尖叫，紅綾巍然不動，一點也不吃驚，再也想不到的是，她也一張口，回以一下尖叫，相形之下，溫媽媽的那一下叫聲，簡直悅耳動聽之至。

溫媽媽更是大驚失色，再連退三步，突然之間，雙手亂搖，急叫道：「不行，不行，原來你們有女兒，不行，萬萬不行，難怪你們對小寶好，原來早有陰謀，萬萬不能，你們可別癡心妄想。」

她語無倫次地叫着，聲音悽厲無比，我皺着眉：「她在放什麼屁？」

本來，當着紅綾和溫媽媽，我不應該說這種粗話，可是溫媽媽說話，實在太亂七八糟了，令人有忍無可忍之感，這才脫口而出。

果然，大人不做好榜樣，孩子學得最快，紅綾立時拍手大樂，指着溫媽媽叫：「放屁。放屁。放什麼屁。」

溫媽媽又驚又怒，聲嘶力竭地叫：「我們家小寶——」她叫得半句，一口氣嗆住了，再也說不下去。

白素低聲回答我：「她誤會了，以為我們要招小寶做女婿。」

我一聽之下，不禁哈哈大笑，溫媽媽若有此想，也難免她吃驚，我一面笑，一面望向白素，用眼色詢問她的意見：是不是要和她開個玩笑？

白素忙搖頭不迭，我向溫媽媽看去，見她全身發顫，面如土色，出氣多，入氣少，心想這玩笑真的不能再開下去。

紅綾看到我縱笑，她也笑，我止住了笑聲，她來到我的身邊，指着溫媽媽：「這圓球一樣的人真有趣。」

白素這時，也來到溫媽媽的身邊，伸手在她的手背上，輕拍下幾下，趁機伸指在她的「合谷穴」上，輕彈了兩下，使她鎮定。

最主要的，還是白素的話，令得溫媽媽的情緒，迅速平靜了下來。

白素柔聲道：「溫太太，你誤會了，小寶已有心上人，是大富豪陶啟泉的乾女兒，南洋大富豪的獨生女，現在在外國留學，很快會學成歸來，就會請你准他們訂婚了。」

這番話之中，最動聽的自然是兩次提及了「富豪」，而且陶啟泉的名字，何等響亮，溫媽媽如夢初醒，還不是十分相信。白素再次強調：「那女孩了我見過，又溫柔，又大方，學識又好，上代做過大官，是極有教養的好女孩，足配得起小寶。」

溫媽媽這一喜，非同小可，連聲道：「這孩子，怎麼把這樣的好事瞞着我？」

白素戲做到足：「這是小寶的一片孝心，想給你一個驚喜，卻不料叫我們先給泄漏消息了。」

溫媽媽忙道：「不要緊。不要緊。」

她又向紅綾看了一眼，不由自主，用手拍着心，表示害怕。紅綾卻大步走了過來，挽住溫媽媽的手，端詳着，神情好奇。

溫媽媽由於太胖，她的手背上肉多，看來像是一個半球體，十分有趣，紅綾從來沒有見過這樣的手，所以挽住不肯放。

溫媽媽的手雖然胖，可是細皮嫩肉，光滑無比，而紅綾的手，皮膚粗糙之至，像是柴枝一樣，手指都是平的，兩隻手握在一起，相映成趣。溫媽媽縮手也不是，躲開也不是，神情尷尬之至。

我實在忍不住笑得全身發軟，白素過去，硬把紅綾分了開來。紅綾大是羨慕：「小寶真好，她媽媽那麼好玩。」

溫媽媽驚悸未了，不敢久留，走向門口：「我去看小寶，去問他。」

白素道：「孩子臉嫩，別逼得太緊了。」

溫媽媽連聲道：「是。是。」

她走了之後，白素才忍不住大笑一場。溫寶裕和藍絲之間的事，趁機攤了開來，倒也是一件好事，免得日後麻煩。看來能和陶啟泉攀上關係，就算是乾親，溫媽媽也心滿意足之至。

當然，我們也趁機花了不少時間，給紅綾增加知識——她有一個好處，什麼事，只要講一遍，她就立刻知道，而且，還能自行組合理解，舉一反三，所以，和她相處，把世上一切事講給她聽，實在是賞心樂事。

既然忙於教女兒，我們自然無暇顧及其他的事，所以，十二天官給的那一盒記錄，本來是應該引起我極大興趣的，也被擱過了一邊。

溫寶裕吊了一天鹽水，復原之後，才和鐵天音一起來我處，面青唇白，老遠看到紅綾，就連連搖手：「不喝了，不喝了。」

紅綾很是奇怪：「為什麼不喝了？」

對這種喝酒如喝水的人，溫寶裕有苦自家知。他不再理會紅綾，來到我和白素面前，深深一鞠躬，這自然是在感激我們，替他在他母親面前，解決了一大難題。

我笑道：「不必客氣，不過沒有用，禮下於人，我也不會給你什麼線索。」

溫寶裕一揚首，自鼻子中發出了「哼」地一聲，一副趾高氣揚的樣子，叫人看了發噱，他道：「吉人自有天相，忽然醉得要吊鹽水，就遇到了貴人。」

我揚眉：「貴人何在？」

溫寶裕向鐵天音一指：「遠在天邊，近在眼前，就是鐵大醫生。」

我不出聲，溫寶裕揮着手：「經過我們共同推理，就有了結論。」

白素微笑：「說來聽聽。」

鐵天音先道：「藍絲口中的『長輩』，首先建立在小寶和她的關係之上。小寶是因為她，身分才會忽然變成了紅綾的長輩。」

鐵天音說了之後，等我和白素的反應。我和白素不置可否，溫寶裕大是興奮：「他們沒有反應，這表示第一步推理可以成立。」

鐵天音吸了一口氣：「藍絲姑娘在河上淌下來，由十二天官收留，撫養成人，身世不明。」

溫寶裕搭腔：「這事盡人皆知，有何奇哉。」

鐵天音再道：「唯一能說明藍絲身分的是她腿上的刺青，一條蜈蚣，一隻蠍子，和蠱術有關——把範圍縮小一點，和蠱苗有關。」

我和白素互望一眼，心知這一切，大半是鐵天音分析出來的，溫寶裕這小子沒有那麼大的能力。

可是這時，溫寶裕卻舉起手來，而且伸一隻手指向天，大聲道：「在苗疆傳奇之中，有幾個人，肯定曾和蠱苗發生關係——白老大曾有蠱苗的一隻綠色小蟲，送給陳大小姐，又到了陳二小姐之手。」

我輕輕鼓了幾十掌，也知道，鐵天音的推理，到了這一步，再要解開以後的部分，就不是太難的事了，他的推理能力竟如此之強，真出人意表。

得到了我的鼓勵，溫寶裕發出了一下歡呼聲，向上跳了幾下，紅綾忙道：「比比，看誰跳得高。」

溫寶裕雙手亂搖，向鐵天音望去，鐵天音作了一個手勢，讓他說。

溫寶裕大聲道：「陳二小姐進苗疆，是帶了那隻小蟲去的，和她一起去的，還有一個年輕小伙子，一定是兩人之間，有了情意——。」

溫寶裕說得手舞足蹈，口沫橫飛，我冷冷地道：「不是你自己想到的，你也那麼高興。」

溫寶裕恬不知恥：「集思廣益，我可也不是全無主意的，當然，鐵醫生功不可沒。」

鐵天音笑：「也只能推測出一個梗概，細節問題就無法知道了——其間必有悲喜交集的經過。」

我嘆了一聲，默然不語。

溫寶裕望向我：「真是，怎麼也想不到，我們會有親戚關係。」

白素笑：「先別算親戚，把我表妹娶了來再說。」

溫寶裕手亂揮：「海枯石爛，此情不渝，令表妹是我的妻子，那是再也走不了的。」

白素和我應聲道：「鐵醫生的分析推理力，真了不起，憑小寶一個人，是殺頭也想不出的。」

溫寶裕承認：「是，詳情如何，可以說了吧。」

我就把經過的情形，說了一遍，聽得溫、鐵二人，也感慨不已。

溫寶裕對我道：「求你一件事，鐵天音對老十二天官的事很感興趣，盼你能抽一個時間，對他說一說。」

我一聽，「啊哈」一聲：「何消我說，現成——」

我說到這裏，白素向我使了一個眼色，我一時之間沒有會意，而且口快，所以並沒有停口，仍然說了下去：「——的資料在，是老十二天官中的一個所作的記錄，洋洋數十萬字，詳盡無比，天音有興趣，可以拿去看。」

鐵天音並不像小寶那樣容易興奮，可是這時，一聽之下，也不禁「嘩」然而呼：「太好了。大好了。」

他叫了兩聲，可能這時感到自己表現太熱烈了，我也突然想起：他是一個時代青年，又是醫生，何以會對老十二天官這類在江湖上詭秘活動的人物有興趣，豈不是一點來由也沒有的事。

何況，看起來，他還不是有普通的興趣，而是大有興趣，這就不免有點古怪了。

第四部

是他幹的？

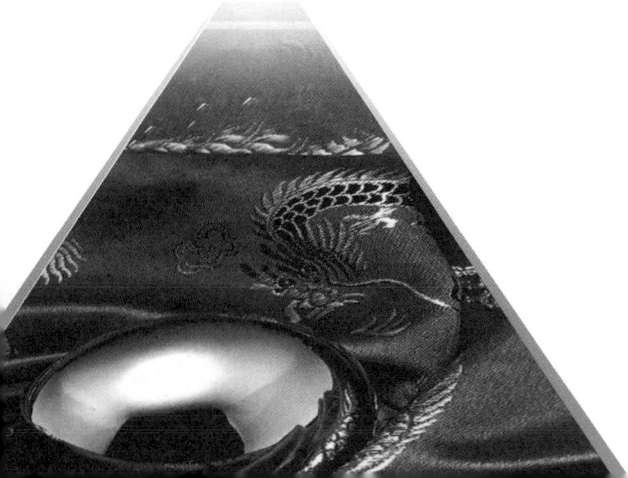

這時，我自然想起了白素的那個眼色，我向白素望去，只見她大有嗔怪之色。

她有這種神情，自然是對我的行為，不以為然——我不知道她何以如此。而我已答應了鐵天音，不好反口，所以不知如何才好，神情很是尷尬。

鐵天音也看出了其中的情形，他主動道：「要是有什麼困難的話，那不妨作罷。」

聽得鐵天音這樣講，我不禁心中起了幾分反感，也不由自主，皺了皺眉。聽起來，鐵天音的話，像是在體諒我的處境，他自己並不堅持。可是骨子裏，他卻是在刺激我，使我不能不答應他的要求，不然就是食言，變成了言而無信之人。

鐵天音很有心計，也很深沉，自然絕頂聰明，他的那種心計，也運用得恰到好處，可是引起了我的疑惑——他不會對一件無關緊要的事運用計謀，那麼，老十二天官的事，和他有什麼關係呢？

白素向我使眼色，大有阻止我允諾之意，她感覺比我敏銳，難道她是看出了有不對頭之處嗎？

我首先想到的是，老十二天官闖蕩江湖，幹的勾當之中，多有殺人放火，搶劫擄掠的事，自然也會涉及龐大的錢財，是不是在記錄之中，會有什麼寶藏之類的記載，所以鐵天音才想看它？

可是繼而一想，我不禁失笑，這未免把鐵天音看得太低了。儘管他深沉有計謀，他不至於如此卑劣。

一時之間，我想不出原因來，而鐵天音在說了之後，又目光灼灼地望着我，大有逼我立刻回答之勢，我想：好，就看你有什麼目的。

所以我立時道：「沒有什麼不方便，紅綾，去把那隻玉盒子拿來。」

紅綾答應一聲，飛快地奔了開去——白素曾把那玉盒託她「保管」，所以那玉盒一直在她的房間之中。不一會，她就捧着走過來。

我在把玉盒交到鐵天音手中之前，不敢去接觸白素的眼光——她表示過意見，而我還是把記錄給了鐵天音，她當然不便當面阻止，但心中不快，卻是難免的了。

我只是偷看了她一下，卻又感到她像沒事人一樣。

鐵天音接過了玉盒來，驚歎一聲：「好美的玉，這才真是美玉，常聽傳說美玉生輝，看這種柔和的光澤。」

我又不禁皺了皺眉——他明明極其心急想看盒中的記錄，可是卻裝模作樣，去讚美玉質之佳，就算沒有目的，這種行為，也不為我所喜。

我道：「盒中一共是十二大冊，你再也想不到，是用極小的小楷寫成的，小心別弄壞了。」

鐵天音這才打開盒蓋，取出了一冊來翻看，溫寶裕也湊過頭去，看了一看，就揉眼睛：「這字那麼小，得用放大鏡來看才行。」

鐵天音隨便翻看，看來十分鎮定，可是他的雙頰，這時卻泛起了一片淺紅——這是他無法掩飾的生理反應，證明他心中的興奮，至於極點。

種種發生在他身上的現象，都令得我極其疑惑，可是又設想不出原因。

鐵天音放下了記錄冊，又蓋上盒蓋，雙手捧着玉盒，向我道：「放心，我會小心，該會絲毫無損。」

溫寶裕性子爽直：「喂，看到有什麼有趣的部分，轉述一下，不必人人都捱看這種小字之苦。」

鐵天音連聲道：「當然。當然。」

鐵天音先捧着玉盒離去，當日又發生了什麼瑣碎的事，也記不得了。

到了晚上，我才問白素：「你好像反對我把老十二天官的記錄交給鐵天音，為了什麼？」

白素淡然：「這份記錄中，可能有許多不能給外人知道的隱秘，我們自己還沒有看，就交給外人，總不是十分妥當。」

我聽得白素這樣講，就鬆了一口氣：「本來就是要公開的，好讓後世人知道老十二天官的事迹，也不會有什麼了不起的隱秘，再說，鐵天音也不能算外人，好友之子，如自己的子姪一樣。」

白素笑了起來：「我看到你連皺了好幾次眉，還以為你不喜歡他。」

我不禁啞然：「是不很喜歡……他這種性格的人，太喜歡用計謀——可是我不明白，他何以會對老十二天官的事有興趣？照說，他和老十二天官，八輩子也扯不上一點關係。」

白素深吸了一口氣：「誰知道……你初見藍絲時，也想不到我們和她之間有關係。」

我握住了她的手：「你倒是一見紅綾，就感到和她之間有關係的。」

這時，紅綾已經睡着了，睡在那張用繩子結成的吊牀上，雖然她已成人，而且粗壯得幾乎可以適應任何環境，可是作為父母，我們還是想輕輕推吊牀，好讓吊牀搖動，使她睡得更適意些。

接下來的日子，有趣的瑣事極多，大都環繞紅綾而發生，作為親人，每一件事都可以噱上半天，認為是賞心樂事，但是若一一記述，旁人看來，未免肉麻當有趣，所以除非和整個故事有關，就不再特別提起了。

大約是七八天之後——本來，七天就是七天，八天就是八天，但是日子過得雖然瑣碎，卻叫人暈頭轉向，所以也就糊裏糊塗。

總之，幾天之後，鐵天音捧了玉盒來，人還沒坐下，就道：「看完了。」

這些日子來，由於紅綾回到文明社會之後的表現，好得出乎我們的意料之外，所以在外出之時，由兩個人相陪，變成了一個人，另外一個，可以趁機休息一下。我就是休息的一個，白素陪紅綾出去了。

我望着他，鐵天音坐了下來之後，把手按在玉盒上，輕拍着，又道：「看完了。」

我問：「內容怎樣？我只是略翻了一下，根本沒有時間仔細看。」

鐵天音大大地吁了一口氣：「太豐富複雜，太奇異詭怪，太不可思議了，簡直沒有法子形容，也沒有法子摘要記述，除非全部閱讀，不然，真不知從何說起。」

我笑道：「只聽說『一部二十四史，不知從何說起』的，難道竟這樣複雜？」

鐵天音再大大吁了一口氣：「真是複雜——記述者的文筆極佳，有些描述，會看得人毛髮直豎，真值得看，不論多忙，都值得看。」

我點頭：「我一定會看——」

我頓了一頓，想問他何以會對老十二天官的事有興趣，但是我沒有問出來，他要是會告訴我，自然會說，不告訴我，問了也是白問。

又閒談了一會，鐵天音告辭離去，我打開玉盒，順手拿起一冊來看。

接下來的若干日子，我和白素的注意力，都集中在紅綾身上，沒有什麼特別的事發生——特別的事，很多情形下，是要去找，才能發掘出來，既然不去找，當然也不會從天上掉下來。

而那十二冊「天官門」的行事記錄，也確實吸引了我們——我在看完了第一冊之後，就竭力推薦白素看，白素一看上了手，也難以釋卷，我們就一冊一冊看下去。

由於大部分的時間，都花在紅綾身上，紅綾也愈來愈像是現代人，看來不再想念苗疆，白素目的可達，自然加倍努力，所以用來看書的時間，不是太多，十二冊記述，斷斷續續，也看了將近一個月。

我先看完之後，心中有一個疑問，但沒有提出來，等白素也看完了，我見到她面有疑惑之色，就問：「怎麼樣，有什麼疑問？」

白素再把最後兩冊翻了一下，又沉吟半晌，才道：「好像在這兩冊之中，少了一部分。」

這正是我感到疑惑之處，但由於十二冊記述，本來就長短不一，而且又沒有頁數，若是當中少了一些，也無從查究起，所以我才沒有說什麼——因為一提出來，唯一的嫌疑人就是鐵天音，是他弄走了記述的一部分，他有什麼道理要那麼做？

這時，白素提了出來，我怦然心動：「是，記述是一個月接一個月下來的，近三十年的事，重要的都記下來了，他們的生活如此多姿多彩，幾乎每個月都有值得記述的事情——」

白素接下去：「可是至少有九個月的時間是空白，沒有記述。」

我點頭：「照說，這幾個月對老十二天官來說，很是重要，那是他們活動的最後幾個月，再接下去，就是他們已進入藍家峒了。」

我們兩個人的結論是：在老十二天官窮途末路，被軍隊追殺，逃到了苗疆，進入了藍家峒之前，有幾個月，沒有活動記述下來。

也可以假設，那時他們的環境，十分惡劣，所以無法進行記錄。

可是，整整十二冊，分明都是他們劫後餘生，在藍家峒定居下來之後寫下來的，或許根據草稿謄清，就算沒有草稿，十二個人回憶入峒前幾個月的事，摘要記述，也不是困難的事，何至於一片空白？

那麼，進一步的結論，就應該是：那一部記述，被抽走了。

我和白素，仔細檢查最後兩冊的裝訂，用作裝訂的銀白色絲線，已經發黃。裝訂十分考究，手工也精細。可能是老十二天官中的一個親手裝成的。

如果要抽出其中幾頁，把絲線小心拆開，再小心重裝，也不是不可以，但是那是一項十分困難的工作。

因為絲線發黃，是由於日子久遠，氧化作用之故。

絲線露在外面的部分，和被紙張掩遮的部分，氧化的程度不同。也就是說，把絲線小心拆開來之後，絲線的顏色會不均勻，再裝訂，要使得和原來一樣，那是難以想像的事。

白素立刻想到，可能是棄了舊絲線，完全改用另一批變了色的絲線，所以她把那兩冊，和其他各冊來比較，卻又分不出絲毫差別。

我和白素相視愕然，我們都沒有說出鐵天音的名字來，因為懷疑故人之子做了這種事，不是很應該。

我只是道：「我想不出任何人要這樣做的任何動機。」

白素吸了一口氣：「記述中提及許多……三十年來，天官門用各種方法獲得的財寶，到後來煙消雲散，半個字也未曾提起。」

這一點，一早我就想到過，而在記述中看來，「天官門」積聚的財貨之多，極令人震驚，他們根本不知道錢財可以放進銀行，那就一定是覓地方藏了起來，何以會一點記述也沒有？

莫非真是老土到鐵天音為了圖謀「天官門」的寶藏，而把有關的記述弄走了。

我想到這裏，不由自主，搖了搖頭。

因為我覺得這樣的懷疑，不是很有道理。

白素還在一冊又一冊地研究裝訂的部分，最後，她取起了第一冊，道：

「我還要再看一遍。」

若是有空閒，這份記錄，確然值得一看再看，而且，記錄之中，很有牽涉到歷史上相當重大的事件，其內幕之令人咋舌，很是不可思議，一些人和一些事，表面現象和真實的情形，竟可以相去如此之遠。

但我知道白素為了紅綾，忙得暈頭轉向，重看一遍，對她來說，是一件大事了。

所以我道：「你想發現什麼，不妨告訴我，等我來翻看，我的時間比你多。」

白素想了一想：「好，在最後一冊，發現有幾個月的空白，我想知道以前十一冊，是不是也有同樣的情形，看第一遍時，沒有多加注意。」

我笑道：「這容易，何必再看一遍，翻一遍就可以了。」

我並不是偷懶，任何事，若是有簡便的方法可循，就沒有道理自找麻煩。況且這份記錄的編年十分有秩序，何年何月何日的事，都記得清清楚楚。

同時，我也知道白素的意思，若是以往那麼多年，並沒有缺上一大段日子的，那麼，最後一冊有幾個月的空白，就大是可疑。

若是以前，也有大段時間上的空白，那麼，最後一冊的空缺，也就不足為奇了。

要做這項工夫，並不困難，我獨自在書房之中，大半天的時間就完成了。其間，紅綾進來幾次，我想再一次趁機告訴她看書的好處，可是她咧着嘴，搖頭道：「書不好看，電視好看得多了。」

原來白素提供了大量的錄影帶和影碟，內容包羅萬有，從各種紀錄片，到整套的課程，什麼都有，對紅綾來說，吸引力遠遠超過了書本，而且她也循這條路徑，迅速地吸收着知識。

看來那是一條捷徑，要使她領略書本的好處，還需要一段時間。

翻看完了前面的十一冊，發現第一次看的時候，由於被千變萬化、豐富無比的內容所吸引，沒有注意到時序上的空白，其實，每一冊，皆有若干時日的空缺，自兩個月到六個月不等，最後一冊，缺得最多。

我把結果向白素說了，白素沉吟不語，我的結論是：「本來就是這樣的，在那段日子中，可能根本沒有什麼事發生，所以也沒有記錄。」

白素望了我一眼：「到藍家峒之前的幾個月，他們的生命每分鐘都在極度的危險之中，會沒有值得記述的事？」

我沒有旁的設想，所以不置可否。

白素忽然像是不經意地問：「鐵天音這幾天沒有聯絡，小寶倒是天天來。」

我怔了一怔——自從發覺事有可疑以來。我們心中都十分明白，嫌疑最大的人就是鐵天音。可是我們之間，卻從來也未曾把他的名字提出來過，那當然是我們都覺得，無緣無故去懷疑他，是不應該的事。

這時，白素突然問起了鐵天音，看來也和事情無關，但是她何以忽然會有此一問，自然也心照不宣。

我據實回答：「沒有，小寶不但天天來，還和紅綾相處得極好，他現在最大的困擾，是溫媽媽一天逼他七十多次，叫他快點把未婚妻帶來給她看。」

我把溫寶裕的近況說得詳細，那表示我不願討論鐵天音的事，也就是說，我認為「天官門」的記錄，原來就是這樣子的，沒有問題。

白素想了一會，道：「請他來一下，有幾句話，得向他交代一下。」

我望向白素，看到她的神情異常堅決，我也只好點了點頭，答應了她的要求。

要聯絡鐵天音是很容易的事，他在電話中一口答應，並且道：「我正想來向你們辭行。」

反正就快見面，我也沒問他要到哪裏去，就把情形告訴白素，白素聽了之後，若有所思。當天下午，鐵天音來到。一進門，就把一大瓶伏特加酒塞給紅綾，紅綾發出一下歡呼聲，白素則大皺其眉——紅綾十分歡喜開門，一有鈴聲，她總搶着去開。那本來是老蔡的工作，可是老蔡的行動，比她慢了一百倍也不止，如何搶得過她？不幾天，只要紅綾在家，老蔡對於門鈴聲，也就充耳不聞了。

鐵天音看到白素有不愉之色，忙道：「根據研究，這種酒最純正，不含其他任何雜質。」

我笑道：「是啊，可是含太多的酒精。」

紅綾作了一個鬼臉，閃身走了開去——鐵天音不是第一次帶酒來給她了，而且還教了她一個伏特加酒的喝法：把它放在冷藏庫中，使它變成濃稠的漿汁，再趁凍喝下去，紅綾也很喜歡這種喝法。

鐵天音不等我問，就道：「有一個月的假期，到德國去陪父親。」

我十分感慨：「上次和令尊久別重逢，可是不到半天，就趕着回來，人生真是難料。」

鐵天音道：「是啊，所以總多抽點時間去陪他，雖然沒有什麼話題，也是好的，也虧得他不是很喜歡說往事，不然，老人家想當年起來，也夠受的。」

我搖頭：「令尊一生如此多姿多彩，聽他講往事，如何會悶？」

鐵天音含蓄地笑了一下，望向我們。白素道：「我們也看了天官門的記述。」

鐵天音伸了伸舌頭：「很駭人，是不是？」

白素道：「是，這部記述，你比我們早看，若是我們早知道內容牽涉到那麼多人和事，牽涉到那麼多歷史的隱秘，也許不會給你看，因為有些事，還沒有到可以傳出去的時候，要是傳出去了，我們就有負十二天官所託了。」

白素這一番話，說得極其認真，她的話當然有理，但是我怕鐵天音聽了會臉上掛不住，所以連向她使了幾個眼色，白素卻視而不見。

鐵天音聽得很認真，他很誠懇地道：「是，我明白，我絕不會對任何人提起。」

白素道：「令尊那裏，也最好不說。」

我不禁皺眉——白素這話，未免不近人情了。人家父子兩人之間的談話內容，怎可以加以干涉？

鐵天音的反應，也很不以為然，他揚了揚眉，變換了一下坐着的姿勢，卻沒有出聲。

有那麼幾秒的時間，由於白素的話，氣氛變得相當尷尬。

還是由白素來打破沉寂，她道：「有許多事件，令尊可能就算不直接參與，也曾間接有關連。一些歷史事件中的人物，都是和令尊同時代叱吒風雲的人。他如今隱居，過着平靜的生活，這些事再提起來，陡然令得他再回到往昔的光陰之中，惹來傷感，那又何苦。」

鐵天音靜靜聽完，這才道：「是，説得是，不必再惹他想起往事。」

我這才知道了白素的用意，也道：「不愉快的往事，若是一再想起，是很痛苦的事。」

鐵天音點了點頭，他道：「我本來，只當天官門的記述，全是些江湖恩怨，可以當小説看，也不知道內容竟然如此豐富。」

我和白素互望了一眼，心中都感到，鐵天音的這番話，倒是「此地無銀三百兩」了——他對「天官門」的事有興趣，必有原因，他不説，我們也不會問。他卻拿什麼「當看小説」來搪塞，那真是太過分了。

不過當下也沒有向他多問什麼，問了他就在晚上啟程，請他代問候少年時就相識的老朋友，等等，直到他告辭離去，白素又有若有所思的神情。

當晚，臨睡之前，她仍然若有所思，我伸手在她的眉心撫摸了一下，白素道：「鐵天音這個人，真叫人看不透，大有古怪。」

我揚眉：「要把一個人看透，談何容易，而且，何必把一個人看透？」

白素的回答，令我感到意外：「因為他欺騙我們。」

我呆了一呆，作了一個請她舉例的手勢，白素沉聲道：「我託小郭去查了一下，不錯，他訂了到德國去的機票，起飛的時間和他告訴我們的一樣，但是他並不打算去看他父親，他在德國轉機，下一站的目的地，是芬蘭。」

我聽得瞠目結舌——不單是由於鐵天音的行蹤古怪，更由於白素對鐵天音的起疑，竟到了這等程度，竟不惜大動干戈，去作調查。

我望定了白素，至少有一分鐘之久，說不出話來，白素也不出聲。

第五部

鐵天音在說謊！

一分鐘之後，我表示了不滿：「你太多事了。」在我和白素之間，這樣的指責，已經是嚴重之極了，話一出口，雖然那是我的感覺，但我也後悔不該說得如此之直接。

白素卻沒有什麼特別的反應，只是淡然道：「或許是，我太多事了。」

白素沒有生氣，我自然也不再說下去，接下來的時間中，我們並不再接觸到這個話題，我心中總覺得有些東西哽着，知道白素也是，盤算着明天如何和白素好好商量，就睡着了。

一覺醒來，白素不在身邊，我不禁笑了起來，知道她又去看紅綾了——自從紅綾回來之後，我們並不關房門，紅綾的房間也一樣，又調整了牀榻放的角度，一個轉身，就可以看到睡在吊牀上的女兒。

常言道「見過鬼怕黑」，又道是「一朝被蛇咬，十年怕草繩」，我們失去過女兒一次，再也不能有第二次了，雖然我們知道，如今紅綾力大無窮，行動敏捷，就算她外婆親臨，也難以把她帶走，但總是小心一點的好。

就算是這樣，白素若是半夜醒了，還是會起身去看紅綾，所以這時，我以為她又在紅綾的房間之中。可是，我一個翻身，看到紅綾穩穩地睡着，卻不見白素在。

我呆了一呆，彈身而起，到了紅綾的房間，看了一看，又推開了書房的門，同時望向樓梯下的廳堂。不到三秒鐘，我就可以知道，白素不在屋子裏。

她到哪裏去了？雖然我們之間，對對方的行動，幾乎絕不干涉，但是都盡可能讓對方知道行蹤，上天入地，總有個去向，像如今那樣，我竟然在半夜三更，不知伊人芳蹤何處的情形，確屬罕見。

我睡意全消，斟了一杯酒，先在紅綾的吊牀之前，站了一會，紅綾睡得極沉，我忽然想到，像她那樣環境長大的，不知道是不是會做夢。明天倒要和她討論一下，趁機又可以灌輸許多知識給她。

回到牀上，半坐着，慢慢喝酒，思索着白素到何處去了。

作了幾個設想，都不得要領。大約過了半小時，聽得有開門的聲音，白素回來了。

白素走上來，穿着運動裝，先到紅綾的吊牀前站了一會，摸了摸她的頭髮，這才走向我。我只是望着她，向她舉了舉手中的酒杯。

白素微笑：「我又『多事』去了。」

我怔了一怔。我曾說她去調查鐵天音是太多事了，她如今這樣說，是什麼意思？

我陡然明白她是什麼意思了，一口還未曾嚥下去的酒，幾乎沒有嗆出口來。我坐直了身子，望着她，疾聲問：「你……你……找到了什麼？」

這句問話，乍一聽無頭無腦，但實際上，是我迅速轉念，已有了推理的結果——白素說她又是「多事」，那麼必然和鐵天音有關，鐵天音傍晚已啟程到德國去，白素半夜有行動，那是到鐵天音的住所去了。

白素一揚眉：「什麼也沒有找到。」

我吁了一口氣，握住了她的雙手：「那表示不必懷疑他了，是不是？」

白素卻道：「正因為什麼都沒有，太乾淨了，所以更值得懷疑。」

我本來想說「這不是『欲加之罪』嗎？」但是一轉念之間，心想何必把氣氛弄得那麼僵，不妨輕鬆一些，所以我改口道：「你的話，使我想起妻子懷疑丈夫的笑話——丈夫衣服上沒有沾着女人的頭髮，她就說丈夫連光頭的女人都要。」

白素微笑：「不好笑，至少，妻子的懷疑，有它能成立的可能性。」

我知道白素一直鍥而不捨地在進行這件事，她又不是閒得沒事做的人，必然有她的原因，所以我心平氣和：「你有什麼理由懷疑他？」

白素一揚眉：「我們曾討論過，要裝訂的絲線拆下來，再還原，是不可能的事。」

我點頭：「是，難極了，無法照原樣。」

白素道：「如果在每一冊之中，都撕幾頁下來呢？線裝書冊，要撕下幾頁來，不露痕迹，並不困難。」

我也想到這一點，所以立即道：「如果那樣做，絲線就會變得鬆——由於原來的裝訂工夫十分緊密，即使只是撕去一頁，也會察覺。」

白素道：「是，但是要令絲線收縮，可以有十多種方法，最簡單的是噴上適量的水，就算是自然乾了，也必然會有『縮水』的現象發生——」

白素講到這裏，我已一口喝完了杯中的酒：「你……發現了什麼？」

白素沉聲道：「絲線上沾着硫酸鉀和硫酸鋁的含水複鹽。」

那是一個聽來很複雜的化學名詞，如果用化學式來表示，更是複雜得可以，它含有二十二個結晶水。但實際上，那是一種很普通的東西，它有一個極尋常的名字：明礬。

明礬有收斂的作用，如果把它的溶液，小心塗濕絲線，再等它乾了，絲線就會比濕水縮得更多，就算每一冊被撕走了十頁八頁，在裝訂上看來，仍然可以是緊密無比，沒有破綻。

一時之間，我瞪大了眼，說不出話來。白素又道：「現代的分析化驗法，可以使許多原來天衣無縫的行為無所遁形，沾在絲線纖維上的明礬，是最近才沾上去的——你想要看正式的化驗報告？」

對白素那麼簡單的一個問題，我呆了好一會才有回答，聲音疲倦之極：「不必了。」

我把空酒杯遞向白素，白素接了過去，不一會，就滿滿斟了一杯酒回來，我大大喝了一口。

酒並不能使我心情舒暢，我不知道鐵天音為什麼要這樣做，但是他竟然如此處心積慮來欺騙我們，用的手法是如此之縝密，在做了這些事之後，他的神態是那麼若無其事，而我一直把他當作故人之子，坦誠相對，這一切全都加起來，猶如一塊大石，向我當頭砸將下來一樣，令我眼前金星直迸。

白素道：「這是最保險的行事手法，我想，他所要的資料，只是十二冊中其中的一冊，但是為了掩飾他的行為，他在每一冊之中，都抽出了若干頁——有一個深謀遠慮的兇手，先假裝有殺人狂行兇，殺了幾個不相干的人，然後再用同樣手法殺死他的仇人，使人不懷疑他，就是這樣的手法。」

我放下酒杯，臉色一定很是難看：「我去找他，他到芬蘭去了？我去找他。」

白素沉聲道：「我看不必了，到了芬蘭之後，他可以轉到任何地方去，你上哪兒找他去？」

我悶哼一聲：「我去找老鐵。小鐵的行蹤再詭秘，行為再不堪，也不能和他老父失去了聯絡。」

白素沉吟不語，顯然她覺得我這個辦法可行。她想了好一會，才道：「那可能要花不少時間，而且，他這樣心思縝密，只怕也早想到了這一點，在他老父那裏，下了預防工夫，父子之情總比你們朋友之情親，你就徒勞無功了。」

我大聲道：「我信得過鐵蛋，他不會為了父子之情而出賣朋友。」

白素嗔道：「你叫什麼，小心吵醒了女兒。」

我連忙壓低了聲音：「我知道鐵蛋，他光明磊落，是個好漢子，絕不會同意小鐵的這種行為。」

白素嘆了一聲：「值得花那麼多時間嗎？紅綾才回到我們的身邊，你又要遠行。」

一提起紅綾，我倒真有點不捨得和她分開。雖然如今的情形，白素一個人完全可以應付。不過我想了一想，還是道：「我非去不可——小鐵用這種手段行事，那是不正當行為的開端，我不是要追究什麼，而是必須盡我責任去告訴他：這種手段，一而再，再而三，必然有一次，會闖出大禍來，我要他及時

『煞車』，他是鐵蛋的孩子，我不能坐視他走歪路。」

白素望着我，略有嘲笑之意——那自然是因為我很少有這樣「正氣凜然」的情形之故。

我用力一揮手：「好，我承認，我也想弄明白他為什麼要那麼做，想弄明白他和天官門之間，有什麼關連。」

白素握住我的手：「好，你去進行——要你老在家裏看孩子，悶也把你悶死了。」

我笑：「看其他的孩子會悶，看紅綾，只會累，絕不會悶。」

白素想着我說的是實情，也笑了起來。

我們又討論了一下，小鐵——鐵天音有沒有可能早知道我手中有「天官門」的資料？

結論是「不可能」。他多半是在溫寶裕的口中，或是在我的記述之中，知道了「天官門」，所以才想知道更多的資料，誰知我恰好有天官門的記錄，所以那對他來說，是意外之喜——這一點，從他當時大喜若狂的神態之中，可以得到證實。

但是，我們認為，他想知「天官門」的資料，卻是早已有了這個念頭的。

問題是，我無法設想早半個世紀橫行江湖的一個神秘幫會，和一個年輕受現代化教育的醫生之間，會有什麼聯繫可言。

第二天，紅綾和我在地球儀之前，我告訴她，我要到德國去，轉動地球儀，對她說德國在什麼地方。她雖然用心聽着，但是顯然不能接受，當她第一次見到地球儀，我向她解釋地球的時候，她就一面搖頭一面道：「那麼多屋子，那麼多人，全在一個大球上？」

她表示了不信，直到那時，她還是不信。要她相信，除非是帶她升上太空，讓她在升空的過程之中，看清楚她所在的地球。

這並非不可能的事，我所知的許多在地球活動的外星人，都有這種起碼的能力，在適當的時候，紅綾就可以有機會作太空遨遊。

白素帶着她來機場送行，溫寶裕也來了，我對他道：「你這個未來的表姨丈，多點照顧紅綾。」

溫寶裕十分正經地答應：「是，我和胡說講好了，紅綾可以到博物館去吸收知識。」

這是好主意，所以我立刻同意：「好極，你自己沒有空，可以多發動些朋友陪紅綾，不必向他們說紅綾的出身，只說是——」

我還未曾想出適當的藉口，溫寶裕已哈哈大笑：「大名鼎鼎的衛斯理，女兒的來龍去脈，早已人人皆知，怎麼能掩飾。」

我也不禁失笑，但還是警告：「要你們那幫朋友不要取笑紅綾，不然，可能招致嚴重後果。」

我知道溫寶裕和一些志趣相合的青年朋友，常在他的大屋子中聚會，天南地北，無所不談。溫寶裕神通廣大，常請到一些人物去參加，原振俠醫生，甚至年輕人和他的黑紗公主這樣的傳奇人物，都請到過，我也曾在這樣的聚會中出現過。

這些青年人，大都熱情得很，紅綾能和他們相處，自然是好事，但是我也必須有告誡。

溫寶裕道：「放心，能和我在一起的人，必然不會有無聊的行為，大家都會把紅綾當自己的妹妹一樣。」

白素聽溫寶裕那麼說，也很高興。

我趁機向白素道：「孩子長大了，總要離開父母的。」

紅綾知道我們是在說她，她搭腔：「我長大了，我不離開……父母。」

她說得十分認真，白素歡喜無限。

臨上機，白素才道：「小郭的行家遍佈世界各地。隨時聯絡，一有消息，就可以告訴你。」

溫寶裕這才知道我有目的的遠行，他才現出好奇的神色，我便拍着他的肩頭：「回來再告訴你。」

溫寶裕神情懊喪，因為他竟然沒有早發覺我又有奇遇。

上了機之後，我一直在作種種設想，可是最主要的一環無法解得開，其餘的自然也都成了謎。

那最主要的一環是：鐵天音和天官門之間，有着什麼樣的關係。

到了目的地，在那個恬靜如世外桃源一般的鄉村之中，又見到了鐵蛋時，鐵蛋正在用剪刀小心地修剪一簇黃蟬花，艷黃色的花朵怒放，很是奪目。他見到了我，感到意外，在我和他打了招呼之後，他呆望了我半晌，一開口就道：

「你不是來找我叙舊的。」

少年時期交下的朋友，就和成年之後認識的朋友不一樣，那時，對於自己的本性，完全不懂得掩飾，是怎麼樣就是怎麼樣，猶如兩個人長期赤裸相對，對方的身體是什麼樣的，無不了然。

而人的性格，三歲定八十，很難有大幅度的改變，行為由性格來決定，了解對方的性格，自然也可以把對方的行為，知道個八九不離十。

我和鐵蛋雖然分開很久了，各自的人生途徑，大不相同，但是少年時卻是交情深厚，而且一起有過出生入死的經歷，可以説是同生共死的深交，這種交情，在一般少年人之間極其罕見，所以也格外深刻，雙方相知極深，所以他一下子就料到了我萬里前來，另有目的。

他這一問，倒叫我猶豫了一下。當然，我先大聲回答了「是」，然後，默然無言。

我懷疑他的兒子有不正當的行為，常言道「疏不間親」，何況我的懷疑，還沒有可以說服他的確鑿證據，我是想在他那裏知道小鐵的行蹤，這種企圖，也不是很光明正大，真不知如何開口才好。

鐵蛋等了我一兩分鐘，才道：「我們不但都長大了，而且，接近垂垂老矣，孩子時候說過的一些話，做過的一些事，就不必一定算數。」

我苦笑了一下，我曾和他，在經歷過了一次巨大的劫難之後，死裏逃生，兩人在一條小河邊上，撮土為香，用一片竹子削破了手臂，把血滴在一隻破碗之中，破碗中有半碗河水，兩人一人一口，把和着血的河水喝下肚去，同時盟誓，結為兄弟，誓要作為人世間友情的表率，上可以彰日月，下可以告后土，豪情勝慨，至今想起來，仍然令人全身發熱。

鐵蛋自然是見我神情猶豫，所以不高興了，提出昔年的誓言，可以不算數。我「哈哈」一笑：「你不必刺激我，我另有為難之處。阿蛋，我問你，你南征北戰，戎馬生涯的環境又那麼差，家眷是怎麼處置的？」

鐵蛋只怕做夢也想不到我會問出這樣的一個問題來。但他既然認定了我是朋友，也必然會回答——他是那樣的一個人：他是最好的朋友，也是最可怕的敵人。

與他為敵，那是噩夢的開始，多少擁兵十萬的敵軍將領，都可以證明這一點。他對朋友的無比忠誠和對敵人的無比兇狠，是兩個極端，他是我所認識的人之中，性格最極端的一個，他能從顯赫的大將軍，一下子離開了榮華富貴，在這小鄉村中釣魚剪花，自然也是他這種極端性格的表現。

當下鐵蛋仍然剪下了一根花枝，有一個短暫時間的怔呆，然後，像是在說別人的事一樣：「我結過兩次婚，第一次婚後三年，沒有孩子，她是軍中的護士，在一次戰役中受了重傷，死在我的懷中。」

他愈是說來若無其事，愈是可以叫人感到他內心深處的哀痛。我不禁十分後悔，不該把他的往事又搬出來，那對一個退隱了，想把過去全都忘記的人來說，簡直是一種酷刑。

所以，我不等他再說下去，就雙手亂搖，心裏一急，連叫他不必說了也講不出口。鐵蛋一伸手，捉住了我的手腕，五指強而有力，他道：「你想知道往事，一定有原因，別理我，我會把一切告訴你，有半點保留的，我長四隻腳一條尾。」

那正是他少年時期的口頭禪，聽了之後，更令我慚愧無比，我伸手在自己的頭上，重重打了一下：「對不起，老朋友。事情是這樣，天音有一些行為，不是很正當，我想不出是什麼原因，又不想他再發展下去，所以想來和你詳談一下。」

雖然說鐵蛋已萬念俱灰，隱居以度餘生，但是對自己的兒子，當然還是關切的，所以一聽之下，他也不禁動容，陡然吸了一口氣，然後才斬釘斷鐵地道：「他做了什麼？該打該殺，你是我的兄弟，完全可以處理，只要是該死，殺了我也不怨你。」

我忙一迭聲道：「哪有那麼嚴重，你想到哪裏去了？」

鐵蛋盯着我，目光如炬，雖然他坐在輪椅之上，又乾又瘦，但是一樣神威凜凜，他道：「該怎麼就怎麼，別因為是自家的孩子就不一樣。」

我頓足：「真是沒有什麼大不了的事，只是事情十分奇怪，所以我才有了疑心，真是沒什麼大不了。」因為我深信鐵蛋講的是真心話，所以我才一再聲明不是什麼大不了的事——確然，也沒有什麼大不了，這時，我甚至後悔自己太多事了。

鐵蛋不再出聲，只是望着我。我道：「我從苗疆回來，在苗疆發生了許多事，都意想不到，天音來看我，想知道天官門十二天官的事——」

我慢慢說來，口氣平和，盡量表現出沒有什麼大事，鐵蛋凝神聽着。

可是接下來發生的事，竟是如此出人意表，我才說到「天官門十二天官」，鐵蛋陡然全身震動，雙臂舉起，發出了一下古怪莫名、聽來令人悚然的怪叫聲，身子突然向後一仰，竟連人帶輪椅，一起仰跌。

鐵蛋有這樣激烈的反應，實在太令人意外了，所以剎那之間，我也發出了一下怪叫聲，站了起來，手中的一杯酒，濺了一地。

就算是一個健康的人，要連人帶椅一起仰翻容易，要連人帶輪椅一起仰翻，也要用極大的力道才行，何況鐵蛋是一個真正的殘疾人。由此可知他在聽了我的話之後，所受的震撼，是何等之甚。

而突然看到了鐵蛋有這樣的反應，我的震撼，也是非同小可，我陡然明白了。

本來，我想了解小鐵長大的環境，想從中了解他是不是和幫會，和江湖人物有過瓜葛糾纏。

這時，我明白了，和天官門有關係的，不是小鐵，是老鐵。

小鐵一定是從老鐵那裏，知道了天官門和十二天官的一些事，所以他才對之有興趣的。

我真想不到在見了鐵蛋之後，一杯酒還沒有喝光，事情便已急轉直下，出現了這樣的局面。

一時之間，我思緒紊亂之極，看到鐵蛋在地上掙扎，竟慢了一步才把他抱了起來，一腳踢正了輪椅，再把他扶坐在輪椅上，鐵蛋的臉色生青，額上青筋暴綻，大口大口呼氣。

我忙把酒瓶遞過去，他接過了酒瓶，一張口，咬住了瓶口，咬得格格亂響，可是忘了去喝酒，可知他這時，情緒的激動，已使他失去了控制自己行動的能力。

我走過去，一手托住了酒瓶，一手按下了他的頭，令酒可以流入他的口中，開始，他也不懂得下嚥，直到酒自他的口中溢了出來，他的喉結移動了一下，「嘓嘟」一聲，吞下了一大口酒。百萬軍中取上將首級如探囊取物的鐵大將軍，竟然在這種情形之下被人逼酒，敗在他手下的敗軍之將若是看到了，只怕會買塊豆腐去撞死。

他連喝了三口酒，還咬着瓶口不肯鬆口，我一面用力拉，一面大聲喝：「不管什麼事，已過去了那麼多年，都不是重要事了。」

一面叫，一面還要伸指在他頰邊的「玉白穴」上輕彈了一下，令他鬆開了口，才能使瓶口脱離了他的口部，當真狼狽之極。

第六部

鐵大將軍的秘密

酒瓶離口，鐵蛋可以講話了，他說的那一連串話，不但聲音怪異，而且語不成句，實在聽不明白，他叫的是：「找到他們了。他們不肯放過我，到底找到了，他們倒還在？哈哈，怎麼躲都躲不過去？他奶奶的，好，來吧，老子可不怕。可得一人做事一人當，他奶奶的……」

鐵蛋口說「老子不怕」，但身子劇烈發抖，也不知是怕還是激動。

「他奶奶的」也是他自小就習慣了的罵人話。

這一番話，我聽得莫名其妙。他停了下來，氣息急促之極。

我忙道：「你和天官門有過節？」

我在這樣問的時候，仍然不明白，鐵蛋二十出頭，就成了名將，一直在軍隊之中，很難想像他如何會和天官門發生關係。

我這樣一問，他又是一聲吼叫，可能是酒精在他體內，起了作用，他豪意陡生，咬牙切齒：「過節，我要他們死，他們要我死，這算不算是過節？」

我更是吃驚，實在不知說什麼才好，太意外了。

面對這樣的意外，我也無法可施，只有任由鐵蛋自己去發揮，我一句話也說不進去。

鐵蛋大口喘氣，又喝：「拿酒來。」

傳說之中，鐵大將軍每次在發動大攻擊之前，都會有這樣的一聲呼喝，他的部下在回憶錄中提到他，常有「將軍喝得雙眼通紅」、「酒令他雙眼如同冒火」那樣的形容詞。

這時，他雖然坐在輪椅上，但是這一下呼喝，還是神威凜凜，依稀可見他當年，喝乾了酒，把碗一摔，一揮手，衝鋒號嘟嘟響起，千軍萬馬，一起向敵軍掩殺過去的氣概，叫人神往。

我忙把酒給他，他又喝了好幾口，伸手抹乾口中的酒，手抖得很厲害——畢竟他大逞雄風的時代已過去了，如今，他只是在輪椅上的一個瘦弱漢子。

我伸過手去，握住了他的手。他深深吸了一口氣，這才說出了一句話來，令我驚詫不已。

他說的是：「我曾當過俘虜，被俘虜過。」

一聽得他忽然冒出了這樣的一句話來，我要竭力克制着，才使自己的身子不至於一下子跳了起來。同時，我也不敢去看他，只是盯着杯中的酒，並且大大地喝了一口。

我之所以有這樣的反應，是因為我太清楚這句話的嚴重性了。

這句話不但嚴重，而且極度不可思議。

雖然現在，鐵蛋已經做到與世隔絕，什麼樣的事，都與他無關了，但是他曾是軍人，對於軍人的榮譽，不可能也拋開不理。

而曾當過俘虜，是軍人的奇恥大辱，是軍人生命之中最不光彩的記錄，是見了人會抬不起頭來的污點。

或許，我應該寫得詳細一點——有些軍隊，對於軍人被俘，並不認為怎麼嚴重。戰俘歸隊時，還會受到熱烈的歡迎。可是鐵蛋投身的那個軍隊，卻大不相同。那個軍隊，百分之百，是政治的工具，在殘酷的鬥爭之中，一旦成了俘虜，而沒有壯烈犧牲，那首先就是一種不夠英勇、不夠忠貞的行為，已經必然蒙污。

再加上被俘之後，是否曾出賣了戰友，也就成了無窮無盡的懷疑的根據，決計不能再得到信任，從軍生命，也從此結束，非但不能再當軍人，而且還要在自己人的陣營之中，抬不起頭來，過着受屈辱的日子，比被敵人折磨，可怕萬倍。

我之所以吃驚，是因為鐵蛋不是寂寂無名之人，他的事迹，到處傳誦，是近代歷史的一部分，所以，在他的軍事生涯之中，如果他曾成為俘虜，那絕不可能隱瞞不為人知。我就絕不知道他當過俘虜，只知道和他對敵的許多將領，成為他的俘虜。

所以，這時我不可能有什麼反應，只能盡量裝出平淡，那和他畢生榮譽有關，對他來說，那比生死更重要——叫他在榮譽和生命之間，任擇其一，我相信他一秒鐘也不會考慮，必然選擇光榮的死亡，不會選擇屈辱的生存。

這也最是令我奇怪的——以他這樣性格的人，怎麼可能會成為俘虜呢？

那簡直難以想像，所以我不由自主，搖了搖頭。鐵蛋在說了這句石破天驚的話之後，有好半晌沒有出聲，看他的神情，像是陷入了沉思之中。

他不說，我自然也不好問，所以，在兩人之間，就是沉默。

也好，趁大家都沉默着不說話的時候，對這個題為「大秘密」的故事，作若干說明。

在記述這個故事之前，我曾很是鄭重地考慮過，也和白素作過討論。主要的原因是，這個故事涉及許多近代的歷史人物——如果一一道明，故事就失去了神秘性，變成一部近代史了。但如果完全不說清楚，像上面曾提到「鐵蛋所在的那個軍隊」這樣說法，又太隱晦，比較難以明白。

而且，故事發展下去，涉及的秘密，是一個真正的大秘密，極其驚人，又不能太直接，也不能太晦澀難明，相當困難。

考慮再三，還是採用了隱蔽的方法——「將真事隱去」，曹雪芹先生也曾用過（真偉大），那樣做，有一個好處，隱隱約約，使人知道大秘密是怎麼一回事，總比開門見山就把大秘密說了出來的好。

若是有朋友表示看不明白，那不要緊，因為故事發展的過程，也已經夠有趣的了。

而且，也不應該有看不懂的情形發生，除非年紀真的太小，那就只看故事好了。

可以肯定的是，獲知這個大秘密，是衛斯理奇異經歷之中，最驚心動魄的一次，而且，事情和任何外星人無關，全然是地球人的事。

再說一句更題外的話：衛理理的故事一直被稱為「科學幻想」，其實，「科學」一詞可以去掉，保留「幻想」即可。

科學和幻想之間，其實很難水乳交融——二加二一定等於四，不能有任何幻想會變成三或五。

閒話說過，卻說當時，我和鐵蛋之間的沉默，足足維持了十分鐘之久。在這十分鐘內，我一口他一口，已把一瓶酒喝光。我為了打發沉默的尷尬，仰着頭，把瓶口對準了嘴，讓空瓶中剩餘的酒，一滴一滴，落進口中。（一般來說，「空瓶」之中，還可以有五六十滴酒。）

首先打破沉默的是鐵蛋，他乾笑了一聲，問：「你沒聽說過我曾被俘過吧？」

我搖頭：「沒聽說過——是什麼時候的事？」

我問得十分小心——什麼時候的事，這一點相當重要。

鐵蛋是在少年時期就從軍的，他當然不是一參加軍隊就當將軍的，少年當兵，若是在那個時候被敵軍俘虜，也就不那麼嚴重了。

雖然，我也不信他在少年時會成為俘虜，因為他的性子極烈，寧折不曲，自小已然。

（鐵蛋小時候和我的一些交往，記述在最近整理出來的《少年衛斯理》故事之中。）

鐵蛋搖了搖頭，道：「不是，是我官拜大將軍之後。」

我又怔了一怔，接着，「哈哈」一笑：「你在開玩笑了，哪有這事。」

我這樣說，是自然而然的反應。因為別說他在官拜大將軍之後，就算他官拜小將軍之後，也只聽說他不斷打勝仗，連敗仗都未曾打過，如何會成為俘虜？

鐵蛋似乎在臉上抹了一下，沒有立時說話。

在這時候，我忽然想起一些事來，全身都感到了一股寒意，更說不出話來。我想到的是，鐵蛋所在的軍隊，在南征北討，打敗了所有的敵人，再也沒有敵人可打之後，發生了極可怕的事——他們開始自己打自己。

說起來很難想像，但是他們確然開始自己打自己。本來是血肉相連，並肩作戰的戰友，變成了血肉橫飛，你要我人頭落地，我要你粉身碎骨的敵人。

這種行為，甚至不會在低等生物之間發生，可是卻在人類之中產生。

無敵的大將軍，就在自己打自己的過程之中，一個一個倒下去，不死在敵人之手，卻死在自己人的手中，而且死得冤屈無比，受盡侮辱，慘不堪言。

鐵蛋自然也不能避免這個自己啃啖自己的可怕漩渦，在那個瘋狂的漩渦之中，他能夠倖存，沒有死於飢餓或毒打，只是要靠輪椅生活，已經是大吉之事了，他畢竟是一個生還者。

他既然不是在少年從軍時被俘，那麼，是不是在那個瘋狂的漩渦之中，成為俘虜的呢？

如果是那樣的話，那似乎和軍人的榮譽，並不發生關係。因為那瘋狂的漩渦，把一切是非全都顛倒了，哪裏還有什麼正常的道理可言？

當我想到這一點時，我揚了揚眉。鐵蛋搖頭：「當然不是你所想的。」

他這樣說了之後，伸手自我處，取過了空酒瓶來，向上拋了一拋，當酒瓶落下來時，他鬆手一合，「啪」地一聲，把酒瓶拍得粉碎，碎片迸散開來，灑在他的身上，和我的身上。

我自然知道他有極好的武術根柢，所以也不以為奇——那種酒瓶的玻璃質地堅固，用普通力量摔向硬地，不能令它碎裂，所以，他這一拍的力道，還是驚人，這樣的力道，若是使一招「雙雷貫耳」，拍向人的雙耳，這個人毫無疑問，不死也受重傷。

他拍碎了瓶子，又拍了拍手，才道：「我當俘虜的事，連我自己在內，只有十三個人知道。」

我心中一動——連他在內，只有十三個人知道，那就是說，除了他之外，就另外只有十二個人知道了？

「十二」是一個普通的數字，但這時，令我震動。

十二天官？

一時之間，我思潮洶湧，想起了許多事來。鐵大將軍的最後軍事任務，並不是兩軍對陣的陣地決戰，而是很特殊的一場殲滅戰。

那時，戰場上的大局已定，但是還有許多擁有武器的人，包括了不肯投降屈服的敗兵敗將、江湖上的幫會人物、黑道硬漢、少數民族的私人軍隊、流離失所的悍民，等等種種，那一大批人有的由於性格強悍，不肯歸化。有的由於知道自己的種種行為，絕對無法和鐵將軍的軍事力量建立起來的強大勢力共存。

所以，這些人或各自為政，或零星的聚合起來，他們選擇了窮山惡水的地理環境，和強大的、新形成的勢力相抗。

不要問對或錯（各有立場，也就根本沒有對或錯），這一大批人之中，或許有許多是殺人不眨眼的江洋大盜，也或許有的是人中之渣滓，但是他們那種明知大勢已去，在明知不可為的情形之下，還堅持對抗，不肯屈服的行為，總是極度的悲壯。

那是一大批悲劇人物，他們注定必然失敗，而他們把自己的命運，安排在必然失敗的反抗上，而不願意屈辱偷生。

在大時代的變遷之中，那些人的命運，只好算是一個小插曲，總數幾十萬人的慘烈死亡，根本不算什麼，而且這段事，即使發生在近代，也沒有什麼人注意的了。

我和這件事，可以說一點關係也沒有，但白老大卻略有關連。

白老大身為七幫八會大龍頭，和江湖漢子有密切的聯繫，當鐵大將軍受命，率領軍隊進行這場殲滅戰，戰況慘烈無比時，曾有人想託白老大去見鐵將軍，希望有一個一線生機的機會，但後來沒有成事。

我之所以想起了這場殲滅戰，是因為老十二天官，被軍隊追剿，躲進了藍家峒之中，正是發生在那時的事。

所以，一想到鐵大將軍曾成為俘虜的事，除他自己之外，只有十二個人知道，我也立時想到了十二天官。

十二天官憑他們各自本身超卓的武藝，再加上十二個人行動一致，始終一條心，所以才能在千軍萬馬的追剿之中逃出來，才能在嚴酷之極，格殺勿論的如山軍令之下，得保餘生。

至於其餘的人，能有生還的，絕無僅有，只有一些屬於「美麗的傳說」，例如說有一雙男女，堅決不屈，還在深山野嶺之中，和軍隊在打游擊之類。

白老大有一個時期，曾經企圖聯絡一些倖存者，但是幾經努力，也未曾成功，也就只好當是完全沒有人能夠倖存了。

那一段歷史，鐵蛋身為軍事行動的最高指揮人，自然再清楚不過。但是，他身為軍隊的統帥，如何會成為俘虜的？縱使十二天官各懷絕技，鐵蛋本身也不是弱者，怎麼會成為他們的俘虜？

我思緒雜亂，一剎那之間，想到了許多，主要的是，我對於這段嚴酷之極的鬥爭，所知不多，是以不免現出十分疑惑的神情。

鐵蛋轉動着輪椅，團團轉了十來下，可知他這時，心情也很是激動。

我一伸手，按住了輪椅，不讓他再轉，望着他，一字十頓地道：「十二天官？」

鐵蛋陡然一咬牙，竟然發出了一陣「格格」的聲響，由此可知他心中的恨意——軍人被俘，尤其是像他那樣，戰無不勝，攻無不克的大將軍，竟然成了俘虜，這自然是一生之中最大的恨事。他咬牙切齒，脖子像是有點僵硬，可是結果，他還是點了點頭。

我「嗯」地吸了一口氣——他雖然已回答了我這個問題，但是心中的疑惑更甚了。

十二天官和軍隊，在那個時期，完全處於敵對地位，絕無妥協的餘地。軍隊所奉的最高命令是「全數殲滅」。在這樣的情形下，十二天官若是抓到了鐵大將軍，應該沒有把這件事秘密處理之理。

雖然，在那時的情勢下，就算把鐵大將軍公開問吊，也挽救不了被殲滅的命運。但根據常理來說，那應該是異常的勝利，一定要公開宣揚，提高士氣，就算最終難免一死，也死得痛快——這正是那些人所追求的生命終極，豈會輕易放過機會？

但是這樣的大事，卻成了秘密，這其中，自然有不少曲折在——我既然對情況所知不多，自然也難以作出任何解釋。鐵蛋忽然之間，改變了話題，他伸手在自己的臉上重重撫摸着，問我：「有一個人，叫雷九天，你聽説過？」

我怔了一怔：「雷動九天雷九天？」

鐵蛋點了點頭，我道：「沒見過，可是聽說過這個人，武藝超群，闖蕩江湖，大江南北，都極有名堂，聽說他在九十歲之後，宣布退出江湖，再不問人間是非恩怨，已經退隱了。」

鐵蛋「嗯」了一聲，對我的話，像是感到滿意。他所提到的那個雷九天，是一個極度傳奇的人物，在江湖上名頭響亮，有很多匪夷所思的事，有的根本可能和他無關，但是由於他太出名，所以也就算在他的頭上了。

一個雷九天，一個白老大，雷動九天在南，白大龍頭在北，都是響噹噹的人物。可是奇怪得很，這兩大武學高手，竟然未曾謀過面。

曾有不少好事之徒，力謀拉攏他們相會，可是兩人心中，雖然全對對方十分敬佩，但也有一定程度的忌憚，所以有意迴避，一直未曾見過。白老大和我也只是約略提過雷九天這個人，我知道這個人的許多事，也不是白老大告訴我的——反正江湖人物的事，人人傳誦，在許多場合之下，都會有人提起。

（很巧合的是，在這件事告一段落之後，我竟然立刻在原振俠醫生處，得知了有關雷動九天雷九天的事，得知他在一種慘烈無比的情形之下，和一股被稱為「宇宙殺手」的邪惡力量，同歸於盡。聽原振俠講述經過，聽得人熱血沸騰，感慨不已。）

當時，我不知道何以鐵蛋說着他曾被俘的事，忽然會提起雷九天來。

鐵蛋吸了一口氣：「那次軍事任務，所要面對的，不是敵人的正規軍，而只是一大堆亂七八糟……難以分類的人間——」

我不等他講完，就霍然舉手，打斷了他的話頭。

因為我知道他接下去，多半會使用「渣滓」之類的形容詞，而我絕不會同意他的說法。

他由於他的立場，必然輕視敵人，但我不是軍人，所以傾向不屈服的豪俠漢子，自然和他不同，為了避免爭吵，還是別讓他說出口的好。

鐵蛋笑了一下，改了口：「是一批江湖漢子，所以上頭派了一個很特別的小組，擔任顧問，雷九天就是這個小組的組長……。」

我揚了揚眉——雷九天的歷史中，有過這樣的一段，也是我不知道的。

（後來，我更在原振俠醫生處，得知雷九天確然曾和政權合作，他曾擔任情報機構對高級情報人員的武術訓練教頭，教出了不少身負絕技的情報人員。）

我仍然沒有說什麼，等他講下去。

鐵蛋苦笑：「他一到，就向我提出，我必須有特別保護，以免被敵人有可趁之機。」

鐵蛋又重重撫摸了一下臉，忽然感慨了一句：「很多年前的事了，現在說來，就像是昨天才發生的一樣。」

各位，我在前面說過，在敘述這個故事的時候，採取的是「將真事隱去」的方式，所以，下筆比較曲折。也可以在時間上看來好像不是很吻合，有點錯亂，那自然也是故意的。

反正故事的內容才重要，時間、地點，都只不過是一個背景。背景，就算只是一匹白布，台上演的是好戲，一樣仍然是好戲。不然，就算背景花團錦簇，氣象萬千，都不能使壞戲變成好戲。

對鐵蛋來說，把那時的事，當成就像「昨天一樣」，自然只是他心理上的感覺，事實上，這些年來，鐵蛋的經歷之豐富，驚濤駭浪，一個接一個，要不然，他也不會從一個叱吒風雲的大將軍，變成坐着輪椅，在萊茵河畔剪花度日的閒人了。

好了，鐵大將軍説是像昨天一樣，就當作是在昨天好了。那時，追剿行動雖然才開始，但鐵將軍的作風，一向是身先士卒，所以他的指揮部，也設在深山之中，在一個山頭之上。

那山頭上有一個村落，本來也只有十來戶人家，貧窮之至，這時，村民早已不知何往，在兵荒馬亂之中，也根本沒有人理會。

空着的房屋之中，有兩三間還沒有倒塌的，就成了鐵大將軍的指揮部。

鐵將軍也知道這次任務很容易完成——那實際上不是一個軍事任務，只是一個殺戮任務。要對付的敵人，只是一群負嵎頑抗的人，絕無勝利的希望，問題只在於頑抗的時間長短和過程的血腥深淺。

所以鐵將軍並不很緊張，甚至對這個任務，有點不滿，可是這個任務，卻是最高領導人親自交下來的。最高領導人早已被抬捧到了「神」的地位，所以鐵大將軍也覺得無上的光榮。

在接受命令時，最高領導單獨接見，簡單地交待了一下任務之後，有一番話，又像是在喃喃自語，又像是在對鐵蛋下訓詞，鐵蛋聽得十分用心，那時正是清晨時分，最高領導是出了名的徹夜不寐，鐵將軍也精神抖擻，可是那番話，他卻不是很聽得明白，而且，事後一再琢磨，也不能全得要領。

第七部

領袖的「煮豬肉湯」理論

本來，鐵大將軍聽不懂最高指示，可以當面請示。可是最高領導在說了那番話之後，卻加了一句：「你明白也好，不明白也好，都不必問，更不能向任何人說起。」

鐵蛋本已張開了口，但一聽到了那麼古怪的指示，卻立刻把要問的話縮回了口。

最高領袖說的是什麼呢？對聽慣了最高指示的鐵蛋來說，這一番指示，簡直怪不可言，使他直接感到，非依足指示不可——對任何人都不能說起。

（即使在許多年之後，鐵蛋向我說起當日的經過，仍然一再遲疑，才下定了決心說出來的，這個經過，他秘密的隱藏了那麼多年，雖然隨着時間的過去，許多秘密也早已不是秘密了。）

領袖一向有「鬼神莫測之機」，所以他一開始說的話，也很是「玄妙」。

他沒頭沒腦地問：「你觀察過煮豬肉湯沒有？」

聽到了這樣的一個問題，作為一個將軍，他首先想到的是，首領是不是在考察我對部下的生活是不是關心？部隊的伙食是不是好？首領日理萬機，他的權力是軍隊建立起來的，自然會有這樣的關心。

所以鐵蛋的回答是：「報告領袖，現在部隊的伙食極好，和以前的困難時期，大不相同。」

領袖呆了一呆，用力一揮手——領袖的身形很高大，手也很大，鐵蛋雖然是「大將軍」，但是個子並不高，而且相當精瘦。

領袖在揮了揮手之後，雙手比了一個大圓圈：「在一口大鍋中煮豬肉湯，你觀察過沒有？有很多時候，在一些平凡的事情上，可以觀察出很深的道理來。」

鐵蛋對領袖有着無可懷疑的崇拜，所以單是那幾句話已令得他肅然起敬，覺得領袖真是偉大，哲理豐富，是天生的英明領袖。

可是鐵蛋卻確實沒有觀察過用大口鍋煮豬肉湯，想來領袖一定是常常觀察的。所以他覺得自己很慚愧，紅了紅臉：「沒有，請領袖指導。」領袖來回踱步，一面踱，一面道：「煮豬肉湯的時候，水滾了之後，不論事先把豬肉洗得多麼乾淨，總會有一點渣滓煮出來，慢慢地浮上水面來，會集在鍋的中間。」

鐵蛋聽得十分用心，雖然直到那時為止，他一點也不明白領袖表達什麼。領袖站定了身子：「那些渣滓，在無可奈何的時候，多少也有一點油水，可以有一些利用價值，所以也必須團結、教育、分化、拉攏、改造、爭取。」

鐵蛋聽到這裏，已經明白領袖是在用「煮豬肉湯」比喻政治形勢了。

本來，那也很難明白，但鐵蛋從小就浸在這樣的政治環境之中，對領袖所說的一切行為，都再熟悉也沒有，再加上他究竟聰明過人，所以聽到這裏，就明白了。

他也知道領袖的脾氣，是喜歡下屬有高理解力，能理解他神機難測的指示。所以鐵蛋應聲道：「領袖分析得對，現在形勢大好，那些渣滓已不值得再花工夫去處理了。」領袖果然大有嘉許之色，用力一揮手：「而且，那是最後的一批，根本不能保留，保留了他們，就是一個隱患，斬草除根，此其時矣。」鐵蛋知道領袖的習慣，最後那八個字，等於是領袖所下的直接軍事指令了，所以他立時立正，聲音嘹亮地回答：「是。」

（我聽鐵蛋說到這裏時，心中不禁長嘆了一聲。）

（好幾十萬人的生命，就在「豬肉湯」理論中被決定了。本來，我一直對鐵蛋在那次行動中的毫無節制的殺戮，有點耿耿於懷。但現在明白了他和最高領袖之間，有過這樣的一番對話，那自然也不能盡怪他了。）

（我猜想鐵蛋對我說出這一番話，也多少有一點向我間接剖白的意思在內。）

領袖當時，看到鐵蛋對他說的話，心領神會，也很是高興，他一手叉着腰，一手在鐵蛋的肩頭上拍了拍，開玩笑似地道：「要你這位大將軍去擔任這樣的任務，可有點大材小用了。」

鐵蛋受寵若驚，身子站得筆挺：「服從調配，堅決完成任務。」

一般來說，將軍出征之前，蒙最高領袖接見，到這時候，自然也結束了。可是那時，領袖卻沒有着鐵蛋離去，而是自顧自踱起步來，鐵蛋站着，只見領袖廣闊的額角下，眉心打結，像是有極沉重的心事。

鐵蛋的心中，疑惑之至，可是他又不敢問，不知如何是好。

過了好一會，領袖才把手按在書桌上，背對着鐵蛋，說了幾句話。

領袖說的話是：「那些敵人，現在雖然都集中在西南山區，可是大部分都是從全國各地潰逃過去的，本地人所佔的比例不多。」

鐵蛋摸不着頭腦，只好答應了一聲：「是。」

領袖又道：「好像從上海去的人也不少。」

鐵蛋這時，心情緊張之極——他素知領袖的行事作風，知道他這時必然有重大之極的事要交代。可是他又不明明白白地說，由此可知這事情的重要性和隱秘性，非同小可，要是聽錯了一個字，或是在什麼地方把領袖的意思理解錯了，那不但影響自己的前途，也有可能，會形成十分重大的事故。

他實在想請領袖明白把事情說出來，可是他又不敢，因為領袖自有他行事的方式。怎容人干涉？

所以，他又只好再回答了一個「是」字。

領袖的手，像是不經意地在桌上，翻動着一本線裝書，但是鐵蛋卻注意到了，手的動作僵硬，可見領袖的心中，很是緊張。

他合上了線裝書，道：「遇到有值得注意的人，就多加注意，嗯……有這樣的情形，直接向我報告。」

鐵蛋急出了一身的冷汗——這指示太模糊了。什麼叫「遇到有值得注意的人，就多加注意」？

這種模糊之極的指令，本來完全可以置之不理。

可是，那卻是最高領袖的親口指示。

最高領袖的「神」的地位，後來被愈推愈高，他的指示，達到了「理解的要執行，不理解的也要執行的」地步，很是駭人聽聞。

這時，鐵蛋不是聽不懂指示，指示再明白也沒有：有值得注意的人，注意一下，而且在「注意」了之後，還要向領袖作直接報告。

可是那「值得注意的人」是何等樣人呢？

聽起來，像是雜在那幾十萬個反叛人群之中，這就更叫人摸不着頭腦了——才下了指示，是斬盡殺絕，又如何在殺戮之前，每一個都去注意一下是不是值得注意。

要是等發現了該人「值得注意」，卻早已被殺了，那又怎麼辦？

他望着領袖闊大的背部，感到自己面臨了一生之中最難決定的一件事，他必須明白領袖的這番指示，究竟是什麼意思。

他已經鼓足了勇氣，想問個明白。

可是就在這時候，領袖就已經轉過身，目光炯炯，定視着他。

任何人都可以做皇帝，只要他是老皇帝的兒子就行。但是決不是任何人都可以做開國皇帝，歷史上所有的開國皇帝，不理會他當了皇帝之後的行為如何，他能成為開國皇帝，必然有其獨特的條件。

而在許多特別的條件之中，具有大威嚴，是十分重要的一個。

鐵蛋身在千軍萬馬，槍林彈雨之中，不會害怕。炮彈在他的身邊開花，敵軍的刺刀，扎進了他的身子，他雙腿不會發軟。

可是此刻，領袖一轉過身，他就感到有一股無形的，但是強大無比的力量，陡然壓了過來，他想後退，可是雙腿卻發軟，難以挪動腳步。

領袖的兩道目光，更令得他心快得耳際「嗡嗡」作響。不過他總算聽到領袖接下來的話：「剛才所說的一切，你不要對任何人提起。」

鐵蛋的心中，不禁一迭聲叫苦，因為他根本未曾明白指示的內容，領袖這樣說，表示他不能再問——這已成了一個連提也不能再提的大秘密了。

可是，接下來，鐵蛋更感到肩上猶如添了一副萬斤重擔——他實在沒有承擔的能力，但是卻又不得不硬挺下去，以他這樣的硬漢，那時也真想跪下來，向領袖求告，放過他，別將這一副重擔放在他的肩上。

因為那時，領袖揚起手來，遲緩地道：「你是我的愛將，所以把這個任務交給了你，知道你一定會完成，別人，我不能有那樣的信心。」

鐵蛋身上已被冷汗濕透，額上也滲出了豆大的汗珠，他聲音發乾，答應了一聲：「多謝領袖的信任。」

這時，他心中知道，領袖所說的「任務」，決不是自己表面上接受的剿滅任務，而是在於那句「遇有值得注意的人，就要注意一下」。

要命的也就在這裏。

所以，他又掙扎着說了一句：「保證把一切反對勢力，全部消滅。」

領袖盯着他看，鐵蛋那樣說，言外之意，當然是「除此以外，別的任務，實在不知指什麼而言」。

鐵蛋的智慧程度，分明不如領袖遠甚，領袖這時淩厲的眼光，直接地在譴責他：「你別假裝糊塗，你知道我還有另外的任務給你。」

鐵蛋心頭狂跳，低下頭去，不能不答應：「是，我一定盡力完成一切任務。」

領袖在這時，忽然嘆了一聲，然後，轉了話題：「有一個人，叫雷九天，是江湖人物，資格很老，可以利用，會派到你的司令部來當顧問。」

鐵蛋心中一凜，是領袖不相信他。

可是他立即放了心，因為領袖又道：「這種人，和我們對付一些文人一樣，有利用價值時，維持表面上的客氣，等到沒有用處時，怎麼處置都可以。」

領袖說到他自己的手段得意處，笑了好幾下，鐵蛋也跟着笑。

領袖伸出手，在桌上取起一本薄薄的書來，遞給鐵蛋：「這本小冊子，你拿去看看。」

鐵蛋伸出雙手，恭恭敬敬，接了過來，看了看封面，知道寫的是領袖早年從事造反活動的一些經歷。

鐵蛋知道領袖在說了這樣的一番話之後，又「御賜」了這樣的一本書，必有深意，所以接過了書之後，十分忠誠地道：「一定好好學習。一個字也不放過。」

領袖點頭，大有嘉許之色，揮了揮手，示意鐵蛋，可以告退了。

鐵蛋退出之後，足足有三日三夜，不眠不休，看那本其實是很普通的書，回想着領袖所說的每一個字，每一個動作。

可是結果，他仍然是莫測高深，所以他只好走一步看一步了。

鐵蛋敘述往事，說到這裏，望定了我。

他說的事，和現在我和他相晤，已過去了很多很多年，應該發生的事，也早已發生過了。本來，已絕無什麼緊張懸疑可言，可是他敘述得十分認真，好像他不單是那時全身冒冷汗，現在也仍在冒冷汗。

所以我也難免受了感染，忍不住問：「後來，你終於明白了那個指示是什麼意思？」鐵蛋並不立刻回答，雙眼神色茫然，直勾勾地望向前面，我發現他的視線，竟然沒有焦點。

他的這種神態，很令我吃驚——因為事情過去了那麼多年，若是他至今還不知道那指示是什麼意思，那未免太不可思議了。

我沉聲道：「隨着時間的過去，應該都水落石出了。」

鐵蛋聽得我這樣說，長嘆一聲：「我比較笨……我的意思是，我不如你聰明。」

他忽然之間，說出了這樣的一句話來，我不禁又是好氣，又是好笑：「老哥兒們了，還說這種話。」

鐵蛋道：「是真的，我們兩人，性格不同，所以各有所長，發展也不同。當時在那樣的情形下，我不能明白領袖的指示，我想你一定能明白。」

我一聽之下，不禁「哈哈」大笑起來：「你說得對，我和你性格不同，所以發展有異。如果是我，我根本不會站在那裏，去聽另一個人的指示去行事，管他這個人是神仙是祖宗是皇帝。」

聽得我這樣回答，鐵蛋呆了半晌，才感慨地道：「你的一生……比我有意思。」

我搖頭：「不能這樣說，各人的生活，是根據各人的性格選擇的，給你從頭再來一次，我看你還是一樣會選擇必須遵守鐵一樣紀律的軍人生涯。而我不同，我崇尚的是自由散漫，肯定自我，不可能想像接受任何紀律的約束——這是天生性格所決定的。」

鐵蛋又嘆了一聲，他的神態，表示他同意我的話。

確然，他和我的生活環境，南轅北轍，截然不同。他參加的軍隊，要求絕對服從，個人的一切，都必須服從組織的紀律，一個命令要個人生死，這個人也就除了慷慨就義之外，別無選擇。

所以，鐵蛋會在領袖模糊的指示前，一身冷汗，而我則根本不會有這種遭遇。

鐵蛋又用手在臉上撫摸了一下：「好了，在你的生命中，不會有這種事，那麼，你是不是可以幫我分析一下——根據我的敘述，分析一下領袖究竟想要我做什麼。」

當他在敘述這段往事的時候，我已經知道事情非同小可，所以也一直在分析，他一問，我就道：「你們『君臣二人』的對話，其實內容並不複雜。」

我自然而然，把鐵蛋和他的領袖之間的關係，稱為「君臣二人」，自然是因為那是最現成也很恰當的說法。

鐵蛋立刻睜大了眼，因為那是令他極度困擾的一件事，而我卻說不是太複雜。

我揮了一下手：「你的主要任務，是消滅一大股反對的勢力，你奉命格殺勿論，不必留什麼活口，因為大勢已定，這股反對勢力，已經再也沒有利用的價值了。」

鐵蛋點了點頭：「是，這點我能理解。」

我又道：「可是那只是表面上的任務，領袖另外給你的任務是——」

鐵蛋又把那句指示重複了一遍：「有值得注意的人，就注意一下。」

我道：「對，領袖的意思是，在那批注定了要被剿滅的反對勢力之中，有一些人，或是個別的一個人，是值得注意的。」

鐵蛋苦笑：「那不難理解，可是，那是什麼人？」

我不相信事隔那麼多年，事態會仍然在秘密狀態之中，鐵蛋顯然是在考驗我的分析力。所以我盯了他一回：「這個人，可能從上海去，或是從華東地區去，因為領袖提起過這一點。」

鐵蛋點頭：「是，我也想到了，可是那仍然太廣泛了。華東地區，尤其是上海，本來就是各種……惡勢力的盤踞地，勢力很大，有一大部分撤出老地盤，到西南山區去，也是必然之事。」

我道：「那範圍已經窄了許多，你在軍事行動之前，若是知道進攻的對象，來自華東、上海，就特別注意一下，自然會有所發現。」

鐵蛋眉心打結，緩緩搖着頭。

我又道：「領袖要你看的書，是不是內中有什麼玄機，或是有什麼『密旨』在內？」

我在這樣問的時候，也不禁有點哭笑不得的神情——歷史上的最高統治者，每有故弄玄虛，表示自己「受命於天」，不是凡人的。明朝有一個皇帝，下的聖旨，字迹潦草到普天之下，只有嚴嵩、嚴世蕃父子兩人看得懂的，聽起來荒唐之尤，卻是昭昭史實。

觀乎此，領袖要賣弄一下，也大有可能弄一些啞謎給他的愛將猜一猜。

鐵蛋搖頭：「不，那本書只是很普通的，記述他早期打天下功績的書，我早已知道的一些事，也是人人都知道的一些事，一點也不特別。」

鐵蛋的領袖，後來成了世界級的大人物，他早年的一些事，也流傳甚廣——當然，流傳出來的全是好事，可以見光的。一些見不得光的事，是不會有人知道的。

（人人都有一些或許多見不得光的事不為人知，無人可以避免。）

那些可以被人知道的事，確然盡人皆知，其中並沒有什麼秘密可言。

而且，他的極度震動，是從十二天官開始的，而到現在為止，他所說的一切，我一點也看不出那和十二天官有什麼關係。

我知道，事情在日後，必然有十分驚人的發展。所以我問：「你說走一步看一步，後來怎麼樣？」

鐵蛋望了我一眼，忽然說起更年月久遠的往事來：「那一次，你在牀板底下發現了我，我滿身是血，你有沒有第一眼就認出那是我？」

我先是一怔，接着，不由自主，長嘆一聲。鐵蛋的年紀並不大，可是多半是由於過與世隔絕的日子太久了，所以思想方法有點怪異，顛來倒去。

他說的那件事：在牀板底下發現他的人，那是我和他少年時期的事，那件事，自然驚險絕倫，我和他竟然能脫難，算起來，「運氣好」佔了很大的成分——「運氣好」的情形，確然是存在的。

那自然是另外的故事，屬於少年時期的事，我不想他岔開去，所以我立即道：「先說你和十二天官之間的事。」

鐵蛋呆了好一會，才道：「好，不過你得陪我說說更早的事。」

我點頭答應：「一定，少年的事，也很有可以說一說的，那十二天官——」

鐵蛋一揮手，疾聲道：「得先從雷九天說起。」我沒有異議，鐵蛋道：「那雷九天，一見到我，就提議由他的九個手下，負責保護我的安全，因為他認為我需要特別保護，而我自然不同意。」

鐵大將軍和江湖大豪雷九天的第一次見面，就鬧得極不愉快。

雷九天走進鐵將軍的指揮所之前，就在外面和鐵將軍的警衛連發生了衝突。

鐵大將軍有一個警衛連，一百多個衛士，全是精挑細選，身經百戰，經過烽火考驗，忠誠可靠的「自己人」，負責保護大將軍的安全。個個不但善於搏擊，而且槍法如神，是軍隊中出色的戰士。

而雷九天帶來的那七八個人，卻是東倒西歪，南腔北調，衣服不倫不類，行動吊兒郎當，有的還拿着旱煙袋兒，有的頭髮上用油擦得賊亮。

這樣的一批人，雖然持有正式的公文，有參謀長陪同前來，可是警衛員一下子就看出，連參謀長也看這幫人不順眼，所以留難：「首長沒有說傳見，你們誰是領頭的，一個人進去就行。」

雷九天很沉得住氣，他不和警衛員說，望向參謀長：「我是中央特准的顧問組長，這幾位全是顧問組員，為什麼不能見首長？」

參謀長冷冷地道：「你一個人先見，也是一樣。」

第八部

十二天官是什麼東西？

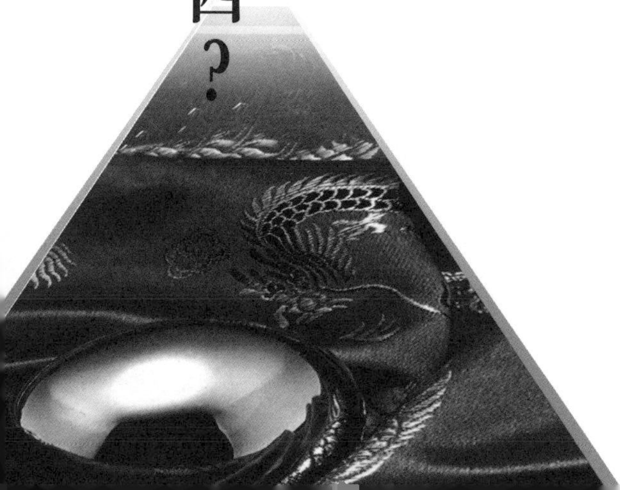

警衛員一聽，就有樂得笑出聲來的，雷九天悶哼一聲，二話不説，向山洞中就走，警衛連長卻過來攔阻：「你老人家，等一等，見首長，我有權搜身。」

雷九天沉聲吼：「我是中央特派——」

警衛連長冷笑：「那是我的責任，以防萬一帶着武器，對首長不利。」

雷九天不怒反笑，回頭向他帶來的那幾個人看了一眼，那幾個人也鬼頭鬼腦地笑，雷九天笑聲陡然提高，隨着笑聲，一掌打出，打在山洞旁的岩石上，「蓬」地一聲巨響過處，就把一塊凸出的岩石，打得脱離了洞壁，直飛了出去。同時，又有一塊拳頭大小的石頭，向上迸了起來，雷九天雙掌揚起合擊，把那塊石頭，在雙掌的掌心之中，一下子就打得粉碎。

這一連串的精湛武術中的硬功，已令得所有的人，目瞪口呆。

雷九天把雙手向警衛連長一伸，傲然道：「我這雙手就是武器，是不是要砍了下來，才能見首長。」

連長張大了口，一時合不攏來，自然無法説話，只是在喉間，發出一陣莫名其妙的聲音。

雷九天趁機發話：「什麼新鮮玩意兒，我見皇上的時候，也沒有人把我怎麼樣，難道這裏的首長，遠大得過皇上去？」

鐵蛋在說到這裏的時候，苦笑了一下：「當時我在裏面，外面的動靜，聽得很清楚。才一聽得雷九天說『見皇上』，還以為他年紀大，真的在以前見過皇帝，後來再聽下去，才知道他竟然把領袖稱作了『皇上』，當時真是詫異之至。」

我望向他，淡然問：「當時你駭然不已，現在呢？」

他也淡然笑：「不必等現在，早就想通了。可不是嗎？」

鐵蛋這「可不是嗎」四個字，說來很是輕鬆，可是我卻知道這其中，不知有多少辛酸血淚在內。

試想一想，他為了信仰，為了理想，把整個生命都投了進去，但是結果，和他一樣千千萬萬的人，有的拋頭顱，灑熱血，真的獻出了生命，到死，還以為自己的理想可以實現。有的倖存，但也知道，自己的行動只不過是製造出了一個新的皇帝，除非願意做叩頭忠臣，不然，一樣血濺當場——君要臣死，臣不得不死。

理想信仰，在皇上的「金口」之前，「御腳」之下，屁也不值。

「可不是嗎？」

我沒有出言譏諷鐵蛋，實在不忍心，當他知道了這個殘酷的事實之後，他心靈上所受的創傷，只怕遠在他雙腿骨碎之上。

過了一會，我只是道：「請說下去，我很想知道你和十二天官之間，究竟有什麼糾纏。」

我這樣講，等於是在催他長話短說，他自然也明白，可是他搖了搖頭：「左右沒事，你還把時間看得那麼緊？不如聽我從頭說。」

我作了一個「隨你高興」的手勢——我知道，他的心中積鬱着許多話要對人說，想有人聽，這種情形，和老十二天官把他們的行為詳細記錄下來，想傳給世人知曉，是一樣的意思。

我是他少年共過患難的朋友，是他最好的聽眾，若是不讓他把想說的話說出來，當然不是朋友之道，就算我的性子再急，也是得暫忍片刻。鐵蛋移動輪椅，又取過了一瓶酒來，和我對喝了三大口。這才抹着口角，繼續說下去。

當下，鐵將軍在室內，聽得來人竟然把領袖稱為「皇上」，駭異之餘，也知道來人大有來頭，來之前曾蒙「皇上召見」，說不定懷有「密旨」，自己正由於摸不透旨意而不安，不可怠慢了來人。

（很有意思的是，鐵蛋在聽到了「皇上」而感到駭異之後，他的思想卻自然而然接受了，接下來，就循着「皇上」的這條路來想問題，所以「召見」、「密旨」之類的名詞，是自然而然冒出來的。）

（由此可知，在他的潛意識之中，也早已有了「皇上」這個想法，只是不敢有一絲一毫表示出來而已。）

（這種情形真可怕，比擺明了是皇帝坐龍廷，還要可怕得多。）

鐵將軍人還沒有出來，聲音先傳了出來。因為雷九天最後一句話，也是提高了聲音來說的。他武術造詣高，中氣足，聲音響亮，震得在他身邊的警衛連長，耳際好一陣「嗡嗡」響。

鐵將軍說的是：「是雷顧問來了嗎？請進。請進。」

他一面說，一面也迎了出來。

雷九天在洞口，擊石揚聲，何等氣概，可是一見了手握兵符，指揮百萬大軍的鐵大將軍，他也不由自主，像是小孩見了大人一樣，立時滿面堆笑，雙手抱拳，大是感動：「怎麼要將軍你親自出來，唉，真說不過去，雷九天這廂有禮了。」

鐵蛋打量雷九天，只見他五短身形，整個人站在那裏，扎實得像是一個石墩子，滿面紅光，卻一臉皺紋，年紀很大，但是目光炯炯，倒是第一個印象，就可以叫人知道，那是一位異人。

鐵蛋忙也拱手，說了幾句客套話，讓雷九天進去，雷九天帶來的那些人，也要跟着進去，卻叫雷九天擺手阻止，他跟在鐵蛋的身邊，神態恭謹，絕不飛揚跋扈。這一點，令鐵蛋很感到意外，因為那和他響遍半邊天的名頭，不是很配合。

在他想來，江湖大豪，應該有他的氣概，不論在什麼人面前，都應該顧盼自豪，旁若無人，不應該像普通人那樣，見了大官將軍，就現出一副戰戰兢兢的神情，唯恐恭謹不足，甚至大有奴相。

所以，一上來，鐵蛋就有點看不起雷九天。

別以為這是小事，那和日後發生的事，很有關連。

當鐵蛋向我說起那些事時，他仍然很有鄙夷之色，還加了一句：「所謂江湖豪傑，其實名過於實，也不怎麼樣，見了權貴，一樣把自己當奴才。」

我自然反對：「那要看是什麼人，有的人天生有奴性，見不得權貴，一見就會現出奴相來，全身發抖。」

鐵蛋「哈哈」大笑：「可不是嗎？雷九天說，他見我還好，只是小心翼翼，行動僵呆，在他覲見『皇上』的時候，竟然不由自主，雙腿一軟，直挺挺地跪了下來，惹得龍顏大悅。」

我聽得搖頭不已，雷九天這人，武功再高，性格上也頗有問題，只怕這也是他投靠政權的原因，身在政權之中，見到了地位高於自己的人，自然只好戰戰兢兢了。

我道：「你沒有見過真正的江湖人物，才不會把什麼將軍、領袖放在眼裏。」

鐵蛋立時料到了：「你是說白老大？」

我點了點頭。鐵蛋嘆了一聲：「是，白老大那樣，才是真正的江湖豪傑。」

我有點駭然：「你們見過？」

我只知有人想請出白老大去見鐵將軍，要他別趕盡殺絕，不知道他們有沒有見過面。

鐵蛋緩緩搖頭：「不，沒見過，但是我知道，他是一個了不起的人物。」

我「嗯」了一聲──他高度讚揚白老大，我自然很高興，但我更想聽他快點說下去。

我把酒瓶遞給他，他喝了一口：「雷九天跟我進了指揮所，第一句話就令我愕然，又想笑，又不好意思。」

我一時之間，也想不到雷九天說了一句什麼話，會令得鐵蛋有這樣的反應。

原來雷九天壓低了聲音，說的是：「將軍，乞退左右，我有密言奉告。」

鐵蛋在剎那之間，還以為自己是在戲台上。

這時，另外有秘書和警衛員，以及參謀長在，鐵蛋會過意來，知道了雷九天的意思，他也不禁猶豫了一下。

因為他這時的任務，是要剿滅成千上萬的江湖人物，而雷九天卻也是江湖人物，要是他不懷好意，意圖不軌，一個對一個，自己可不是他的敵手。

所以，他遲疑了一下之後，先向雷九天介紹了參謀長——也是一位赫赫有名的將軍，雷九天對參謀長也很恭敬，不過他還是道：「皇上吩咐，只能對鐵將軍你一個人說。」

聽到了「皇上」，參謀長等人也不禁呆了一呆，想笑又不敢笑。

鐵蛋道：「雷顧問，你得改一改口，叫領袖，不然，影響不好。」

雷九天從善如流：「是。是。皇……領袖也是那麼說，影響不好。」

他對於一些專門的新名詞，說起來不是很習慣，可是很努力學習。

鐵蛋見他如此堅持，事情又是領袖親口吩咐的，所以他向各人揮了揮手，各人都退了出去，只有參謀長在退出去的時候，向雷九天瞪了一眼，面有不愉之色。

雷九天在各人退出之後，湊近來，壓低聲音：「領袖他老人家問，上次給你的那本書，看了沒有？」

鐵蛋怔了一怔，忙道：「看了，仔仔細細，看了三遍。」

雷九天點頭：「是，領袖也早已料到，將軍一定不止看了一遍。」

他說着，伸手在自己的大腿上，用力拍了一下，力道還真不輕，發出了「啪」地一聲響：「領袖真是天縱英明，料事如神。」

而鐵大將軍，這時卻有點哭笑不得。

早在領袖贈書之際，他就知道必有深意。可是他連把那本普通的、記述領袖早期開國功勳的書，看了三遍，就是體會不出那層深意來。

如今，領袖又特地着雷九天來問，可知事情非同小可，自己要是再領會不出什麼來，那是天大的糟糕。

所以他忙問：「領袖又說了什麼？」

雷九天現出欽佩莫名的神情，口中「嘖嘖」連聲：「皇上聖明……哦，不，領袖偉大，天下事無巨細，他都瞭如指掌，這才能君臨天下，撫育萬民啊。」

鐵蛋皺眉：「看你說話的方式，什麼君臨天下的……」

雷九天忙道：「是。是。領袖也……批評了，應該說……為人民服務……」

鐵蛋心急：「領袖又說了什麼？」

雷九天再拍了一下大腿：「領袖向我問起了天官門，十二天官。」

那是鐵蛋一生之中，第一次聽到「天官門」和「十二天官」這兩個名詞，他愕然之至，不知是什麼意思。

他想知道的是領袖對那本書，有什麼進一步的指示沒有，可是雷九天的回答，全然不着邊際。

他更加着急：「我是說，領袖對那本書，又說了什麼沒有啊？」

雷九天想了一想，點頭：「有，領袖說，要是你不明白，就多看幾遍，而且還特別叮囑，這事，不必和別人說起，我以後也不必多提。」

鐵蛋心中煩躁，揮了揮手，不想再和雷九天說下去。可是雷九天卻道：「領袖吩咐，我覲見的過程，要向將軍你報告，一句話也不能漏。」

鐵蛋心中一動，心想領袖這樣吩咐，一定大具深意，所以忙道：「你慢慢說。」

雷九天道：「領袖問我，對天官門和十二天官，知道多少，真使我訝異莫名。」

鐵蛋悶聲問：「十二天官是什麼東西？」

我聽鐵蛋說到這裏，搖了搖頭：「雷九天在胡說八道，再天縱英明，領袖也不會知道江湖上有十二天官這種人物，他在胡扯。」

鐵蛋吸了一口氣：「當時，在聽雷九天詳細介紹了十二天官的一切之後，我也認為雷九天是在胡扯，領袖不會知道，可是，他胡扯的目的是什麼呢？」

我也說不上來。

當時，鐵大將軍問：「領袖何以會關心……那十二天官？」

雷九天道：「我也不知道，領袖只是說，十二天官是值得注意的人。」

剎那之間，鐵蛋的腦中，靈光閃動，像是遭到了電擊而陡然開了竅。

本來，他只當雷九天敘述他蒙領袖召見的事，只是他在炫耀「顧問」這個地位，直到聽到了這一句話，他才知道內中大有文章。

他整個人震動了一下，由於實在太緊張，也太興奮，是以一開口，竟有點語無倫次，他失聲道：「你可想清楚了，轉述皇上的金口——」

他用力打了自己一下，罵：「亂七八糟的，什麼玩意，我是說，你轉述領袖的指示，可不能歪曲，一個字不能多，一個字也不能少。」

雷九天一看到鐵將軍大失常態，也大是緊張，他用力吞了一口口水：「不，我沒有加多一個字，也沒有減少一個字。」

鐵蛋不由自主喘着氣：「他是怎麼說的？」

雷九天再重複了一遍：「他說，十二天官是值得注意的人。」

鐵蛋「嗖」地吸了一口氣，身子向後一倒，重重地坐了下來。他心念電轉，首先想到的，是領袖曾給他的指示：「有值得注意的人，要注意一下。」

這本來是一個空泛之極的指示，實在難以明白。可是如今，再加上領袖對雷九天說的話，就很是具體了——十二天官，就是值得注意的人。

領袖竟然要把一番指示，用那麼曲折的方式來表達，由此可知其中必然牽涉到極大的隱秘，非同小可。

鐵蛋登時感到自己雙肩之上，擔着千斤重擔，關係重大，非比尋常。

這時，他知道領袖的指示，必然和十二天官有關，他還不知道領袖送他那本書，是什麼意思。他決定和雷九天好好談一談之後，再去仔細看一遍，可能就融會貫通，看出名堂來。

他忙問：「那……十二天官，現在也在被征剿的對象之中？」

雷九天答得很鄭重：「有可能在，他們十二個人，渾成一體，同來同往，可是整個天官門，又獨來獨往，絕不和其他的江湖人物發生聯繫。頗有些人想到他們神通廣大，想引他們出來，領着大家幹，可是也找不到他們的蹤影，就算找到，我看也辦不成。」

鐵蛋沉聲道：「雷顧問，事情不能靠估計——你在江湖上地位高，歷史久，可曾見過他們？」

雷九天皺着眉：「我早年，曾和十二天官會過面，可是我不知道我當年見的十二天官，是不是就是如今……領袖說值得注意的十二天官。」

雷九天的話，有點不容易明白，鐵蛋用力一揮手，在進一步詳問之前，先問：「領袖的話，你真的聽清楚了，他的口音——」

領袖雖然天縱英明，已經升到了神的地位，可是他一開口——說的那一口土腔，卻不是受命於天，無法更改。那土腔，別的地方人，還真不容易聽得懂，發音怪絕，舉例來說，「國家」的「國」字，發的竟是大多數方言中的「鬼」字之音。所以「國家」聽來，便十足是「鬼家」。雷九天像是受了委曲：「我自小混江湖，跑過三關六碼頭，什麼地方的鄉談，我都聽得懂。」

鐵蛋作了一個手勢，請他別見怪，又問：「那麼照你看，領袖那樣說，是什麼意思？」

雷九天答得更小心：「我想，領袖是想請將軍多注意十二天官，嗯……若是可以招安的話，就……」

他說到這裏，雙手亂搖：「那只不過是我的想法，將軍只當沒聽過就是。」

鐵蛋心中一動，「招安」一詞的意思就是容許對方投降——這和領袖的「剿滅」指示，雖有矛盾，但可以當作特別情形處理。

鐵蛋想了一想，又問：「你適才說，你見過的十二天官，何以不能肯定就是現在的十二天官？」

雷九天道：「我那一次，和十二天官正面相對，為的是爭一批……」

他說到這裏，略停了一停。滿是皺紋的臉上，很有慚愧之色，停了一停。

鐵蛋心知雷九天在江湖上，尤其是在早期，也頗有些見不得人的事，不是很光彩，他那次和十二天官之間的爭執，也必然不是很光明正大。

所以鐵蛋道：「詳細經過不必說了，只說為什麼就可。」

雷九天如釋重負，忙道：「是，是，陳年舊事，說來也沒有什麼意思。我見到十二天官時，均在五十年前，那時，十二天官的年紀已都在六十以上，其勢不能活到現在。」

鐵蛋望了雷九天一眼：「其中有人特別長命，百歲以上也是有的。」

雷九天道：「將軍有所不知，十二天官同生共死，只要死了其中一個，其餘十一個也不偷生。」

鐵蛋皺了皺眉：「那也就是說——」

雷九天道：「那就是說，他們必然早早尋覓傳人，以便一旦自己出了意外，天官門就可以由新的十二天官傳下去，不致斷絕。」

鐵蛋說到這裏，我作了一個手勢，示意他暫時停一停，鐵蛋望定了我。我連喝了幾口酒，才道：「等一等，事情有點複雜，我在苗疆一個叫藍家峒的地方，見過十二天官。」

鐵蛋的神情陡然緊張起來，我忙又做手勢：「我見到的十二天官，不是你見到的十二天官。」

鐵蛋略想了一想，就明白了。

鐵蛋曾見到的十二天官（我假定他被十二天官俘虜過），當然是逃入了藍家峒的那一批，也就是我在敘述之中，一直稱之為「老十二天官」的。

事情就是複雜在，雷九天早年所見的十二天官，也不是「老十二天官」，而必然是老十二天官的師傅，是老老十二天官。

弄明白了，其實也不是很複雜，十二天官一代一代傳下來，自然也有各代不同的十二天官，活動在江湖上。

我把這情形說了，並且說現在的十二天官，是老十二天官被軍隊追剿，而負傷逃進了藍家峒之中的。兩者十二天官的對頭人，正是如今在我面前的鐵大將軍。

世界上的事，有着極奇妙的聯繫，當我第一次見到十二天官在溫寶裕的帶領之下，出現在本城之時，隨便我怎麼想，也想不到會有如今這樣的發展。

我道：「現在的十二天官與世無爭，和以前的天官門，大不相同了。」

鐵蛋扶着輪椅扶手的手，在微微發顫，他點頭：「是，和我有關係的，是他們的師傅，老天官。」

他深吸了一口氣，沉默了一會，才繼續說他當年的事。

他道：「雷九天向我詳細的說了十二天官怎樣選擇傳人的經過。」

當時，雷九天道：「十二天官選擇傳人的條件，十分苛刻，所謂十二天官，是根據『地支』來排列的，他們各有很是古雅的名稱，但是江湖上的人，誰會記得，只是叫他們鼠天官、牛天官、虎天官……」

鐵蛋點頭，表示明白。

雷九天又道：「他們既然各以生肖上的動物為名，外型也自然很相似。」

第九部

每一代的龍天官是怎樣揀選的？

雷九天略為遲疑了一下：「那種情形……是在挑選傳人時就留意的緣故。譬如說，豬天官要揀徒弟，就一定找胖小孩。其中，蛇天官一定找高瘦的女孩子，牛天官則找壯健的，鼠天官必然選擇鬼頭鬼腦的——」

鐵蛋聽到這裏，笑了起來：「好笑，那麼龍天官呢？上哪兒去找一個像龍的孩子？根本龍是什麼樣子的，也沒有人知道。」

（關於十二天官的外形，我在苗疆，已有發現，和他們的名稱，很是相合，這時才知道果然如此。）

（我也立刻想到：龍天官怎樣揀徒弟呢？）

雷九天一聽到鐵大將軍的問題，剎時之間，現出一種極其古怪的神情，先作了一個手勢，這才道：「說起來很難令人相信，真的很難令人相信。」鐵大將軍略見不耐煩：「不管能不能相信，你就照你所知道的說吧。」

雷九天答應了一聲：「是。據江湖傳說，天官門是明末清初的時候成立的。那時，明朝朱家皇族，被清兵趕得四下奔逃，有福王、魯王什麼王的，各有一批遺老臣子擁護，成了小朝廷，過皇帝癮，其中有一個桂王，是叫投降了滿清的大漢奸吳三桂，拿住了之後，用弓弦絞死的……」

鐵蛋聽他忽然說起明末的歷史來，自然神情要多難看，便多難看。

雷九天鑒貌辨色，自然看得出來，他忙道：「事情總得從頭說起，將軍請——」

鐵蛋用力一揮手：「你快說吧，別再扯開去了。」

雷九天吞了一口口水，忽然提出：「將軍，我不可一刻無酒，能不能——」

鐵蛋也曾聽說過這個江湖大豪，日常生活，要喝酒，不喝水，十分傳奇，所以他一面點頭，一面道：「好，我着人準備。」

雷九天忙道：「不必，我自己帶着有。」

他一面說，一面略掀衣襟，伸手在腰際一摸一抖，「呼呼」地一聲，就抖出了一件東西。那東西在掠出來的時候，就在鐵蛋面前不遠處揮過。

突然之間有了這樣的變化，任何人都難免吃驚，就算不倉皇後退，身子也不免向後仰一仰。

可是好個鐵大將軍，確然不同凡響，名不虛傳，非但不避，反倒一伸手，向掠向前來的東西，疾伸手出去，一把抓住。

他在伸手出去的時候，根本不知那是什麼，只知「呼」地一聲，有東西掠過來而已。

及至一伸手抓住，定睛一看，他才看清那是什麼，也不免暗中吃驚。那竟是一條大蛇，而他正挑住了那蛇的七寸處，蛇頭正對準了他。這種情景，突兀之至，全然不在情理之中，令鐵大將軍一時之間，也不知如何處置。

鐵蛋在說到這裏的時候，還是大有疑惑的神情。

我笑了起來，指着他：「這就是你少見多怪了，武林中人，很有些人用蛇作武器的，馴養了蛇，圍在腰際，或掛在肩上，隨時使用。」

鐵蛋笑：「你別說得口響，不錯，雷九天那條蛇，可以當作軟鞭用，但是還有一個更重要的用途，你的腦筋再古靈精怪，也一定想不到。」

我略想了一想，不明白還有什麼更重要的用途，所以便道：「不想了，你說吧。」

鐵蛋忽然嘆了一聲：「江湖上，真是什麼樣的怪事都有，真是。」

當下，鐵蛋握住了那蛇的七寸處，恰好是一握。「七寸」是蛇身最細的所在，可知那蛇，也很是粗壯。鐵蛋迅速定神，向雷九天望去，見雷九天很有惶恐之色，他就立即想到：在這種情形之下，維持自己的權威，最是重要。

所以，他射向雷九天的目光，陡然變得凌厲。

人在什麼地位上，自然而然會有這個地位上的威嚴，雖然也有小丑一般的大官，但那畢竟少之又少，百年難得一見。

當時，鐵大將軍那凌厲的目光，就令得武林大豪雷九天也為之變色。他急忙忙道：「手勢慣了，將軍莫見怪，莫見怪……將軍的身手真好，竟一下子就抓住了我這條『酒蛇鞭』，真好身手。」

聽得雷九天口中，說出了「酒蛇鞭」這個名稱，鐵蛋方看清，自己抓住了的，並不是一條活蛇，只能說是一條蛇的標本。

也直到這時，鐵蛋才看清了那條蛇——蛇頭抓在他的手中，蛇全部分握在雷九天處，整條蛇，大約有六尺長，最粗處，約有兩握，蛇身脹鼓鼓地，全身閃耀着一種銀灰色的光芒，蛇鱗十分細密。

蛇頭上，一對蛇眼，可能是鑲上去的藍寶石，藍光殷殷，看來頗是詭異。

蛇嘴部分，是一個如同煙嘴的玉管，玉質晶瑩。

而整條蛇，叫「酒蛇鞭」，那自然是武器了。

所以，鐵蛋更沉下臉來：「你對我揮鞭，是揚武立威的意思嗎？」

鐵蛋的指責，十分嚴厲，雷九天聽了，更是大驚，立時鬆開了蛇身。雙手下垂，神情恭謹，急忙為他自己辯護：「將軍，我才不敢，實在是一見將軍，便有知己之感，一時忘形，唉，草莽中人，總記不住朝廷的體制，將軍總要原諒。」

聽得他這樣說，鐵蛋的心中，直想哈哈大笑，可是他卻仍然沉着臉。

這時，那條蛇已全在他的手中了，鐵蛋的武術造詣很高，自然也練過用鞭，他手腕一沉，想就勢把那蛇揮了起來，可是略一運動，卻覺得那蛇，怪異莫名，說硬不硬，說軟不軟，又自行會顫動，竟然無從着力。

鐵蛋畢竟是專家，一下子就明白了何以會有這種古怪的情形——那是蛇身之內，全是液體之故，蛇身內的液體，當然全是烈酒了。整條蛇，竟是一隻蛇皮的酒袋，看那大小，至少可以灌上三五十斤酒去。

我也不禁駭然，只聽說有牛皮酒袋，羊皮酒袋，用竹筒來載酒，用葫蘆來載酒的，用整條蛇的蛇皮作袋來載酒，不但聞所未聞，連想都難以想像得出。

我道：「雖然用來裝酒，可也能當兵器。」

鐵蛋同意：「自然，但是要運用如意，非下苦功不可，那比使灌水銀的軟鞭更難用，水銀沉重，容易着力。」

我神情渴望：「雷九天使這『酒蛇鞭』，一定是揮灑自如的了。」

鐵蛋沉默了片刻，沒有回答。

事實上，鐵蛋日後，並沒有多少機會看雷九天使這條蛇鞭。只是在當時，他心知已把雷九天嚇得夠了，再擺官威，反為不妙。

所以他淡然一笑：「難道你見領袖，也能這樣忘形？可要小心了。」

雷九天連聲道：「是。是。將軍說得是。」

鐵蛋第一次力道沒運對，這時手腕再一沉，勁道貫送出去，那蛇就像活了一樣，蛇頭倏然翹起，送向雷九天的手中。

雷九天一握住蛇頭，鐵蛋也鬆了手，雷九天一運功勁，蛇頭彎過去，湊向他的臉，他一張口，就咬住了那蛇嘴中的玉管。

接着，便聽得「嘓嘟」、「嘓嘟」的聲音，他喉結上下移動，竟連喝了三五口，滴酒不漏，配合之奇，簡直天衣無縫。

雷九天吁了一口氣，一手又握住了蛇頭：「將軍，這裏面是極好的佳釀——」

鐵蛋忙道：「謝謝，不必了，你這蛇皮酒袋，倒是有趣得緊。」

（我在聽到這裏的時候，聯想到的是，紅綾那麼嗜酒，要是弄了那蛇皮酒袋來，讓她裝上酒到處去，那真是妙不可言，比諸杜牧在盛唐之際的「落魄江湖載酒行」，也不遑多讓了。）

（不過繼而一想，此舉雖然大投紅綾所好，卻必然不為白素所喜。世事難兩全，又不禁意興索然。）

雷九天聽鐵將軍讚他的「酒袋」有趣，又得意了起來：「是，這蛇，有一個名堂，喚作『鐵皮蛇』，產於沙澤之中，很是罕見，這樣大的更少。蛇皮堅韌無比，刀割不破，不但可以載酒，還是很好的兵器，將軍要是喜歡——」

不等他講完，鐵蛋已搖手：「別了，你自己留吧——我要是高抖着一條蛇，號令衝鋒，只怕打不成仗了。」

鐵蛋説得有趣，雷九天也不禁被逗得笑了起來。幾口烈酒下了肚，他精神一震，手法俐落地，又把那酒蛇鞭圈到了腰上。

鐵蛋提醒他：「你說到了明朝末年——」

雷九天道：「是，那時，天皇貴冑，到處流散。第一代天官門，也在那時出現。據江湖説，十二個人，能同生共死，必然有一種力量使他們有這種目標，極可能就是保住了其中一個龍子龍孫的一些文武官員，結合而成。」

鐵蛋的領悟能力強，已經聽出了意思來，他失聲道：「你是說，十二天官之中的龍天官，真的是龍子龍孫，天皇貴冑？」

雷九天點頭：「是，第一代天官門之中的龍天官，就是桂王朱由榔的孫子朱文非，後來在雲南還稱過王，年號是『永興』，康熙四十五年才兵敗被殺，想來其餘十一天官，也一起殉死。」

鐵蛋的心中，有了一種異樣的感覺，可是又說不出為了什麼。他呆了一會，才道：「那麼以後呢？上哪兒去找那麼多龍子龍孫？」

雷九天神情嚴肅：「不知道他們是怎麼選承繼人的，乾嘉年間，有一個龍天官姓林，說是林爽文的後人。」

鐵蛋眨了眨眼，這難怪他，「林爽文」這個名字，在歷史上微不足道。這個人，在清乾隆末年在台灣作亂，曾自稱「順天王」，後來被福東安這個在小說中出名的人物剿滅，他的後人，極勉強地，自然也可以說是貴胄——林爽文起事若成功，說不定就是台灣皇帝了。

雷九天說了些林爽文的事，鐵蛋笑了起來：「那樣子的也算，這龍子龍孫倒也不難找。」

雷九天卻不敢輕笑，他道：「我見過的那十二天官中的龍天官，據說是從朝鮮來的。」

鐵蛋駭然失笑：「外國皇帝的後人也算？」

雷九天道：「不是，那龍天官本姓袁，是洪憲皇帝在朝鮮時留下的龍種。」

鐵蛋呆了半晌，洪憲皇帝袁世凱，在北京新華宮坐了九九八十一天的龍廷，是中國歷史上的末代皇帝。他早年曾在朝鮮住過一段時期，在那時候，和什麼女人生下兒子，也大有可能。

那麼，這個孩子，自然是龍子龍孫了——雖然挖空心思，卻也可以自圓其說。

鐵蛋在那時，又隱約地感到了一些什麼，卻仍抓不住中心。

鐵蛋有這種感覺，那令他很不舒服，就像是打仗的時候，先炮轟了敵人的陣地之後，卻找不到敵人在哪裏，無法衝鋒陷陣去搏擊一樣，有一種空蕩蕩無處着力的難受，所以，他自然而然在胸口拍打了幾下，吁了一口氣，道：「自從袁皇帝之後，中國再也沒有皇帝了，這龍子龍孫，自然也絕了種。」

雷九天附和着：「是啊，所以，江湖傳言，也未必靠得住。」

我聽鐵蛋敘述到這裏，感覺和當年鐵蛋一樣——鐵蛋把一切細節全告訴了我，我和他有同樣的感覺，是很自然的事。

確然，那種感覺令人很不舒服，所以我向他看去，想他把謎底趕快揭開來。可是他卻避開了我的目光，自顧自喝着酒。

我知道，在他後來的經歷中，一定揭開了所有的謎團。但是他不願意一下子就說出來，我性子再急，也無可奈何，只好由得他慢慢說。

我也喝了一口酒，道：「江湖上有這樣的傳說，有兩個可能。一是真有其事，每一代的龍天官，都是天皇貴胄。另一個可能是那是天官門自己製造出來的故事，自高身價，表示他們和別的江湖人物不同，是可以有資格建立一個王國，成立一個朝廷的。」

鐵蛋笑了一下：「我當時也這樣對雷九天分析過，雷九天的反應，十分有趣，你想知道雷九天是怎麼反應的？」

我沒有說什麼，只是舉起拳頭來，向他揚了一揚，意思是說：「你敢不說，或是吞吞吐吐賣關子，我就請你飽嘗老拳。」

我和他，在少年相交之時，常向對方作這樣的手勢，他自然一看就明白。

他又笑了一下，說出了雷九天的反應。

雷九天很是不屑，冷笑了一聲：「那也沒有什麼特別高人一等的，佔山為王，自稱是什麼都可以，隋朝瓦崗寨上，程咬金就曾自稱『混世魔王』，算起來，他的後人也有資格當龍天官。」

鐵蛋聽雷九天說得有趣，哈哈大笑：「山大王也算，雷顧問你的後人，也可以算了。」

鐵蛋估計在雷九天長久的江湖生涯之中，一定也有「佔山為王」的階段，所以才這樣調侃了他一下。

雷九天倒不是生氣，只是剎那之間，十分惶恐，雙手亂搖，連聲道：「將軍，這話……不能說……那是造反的事，要殺頭的。」

本來，雷九天的話，又隱約使鐵蛋想到了什麼，可是由於那時雷九天漲紅了臉，神情滑稽，所以鐵蛋跟着哈哈大笑，也就忽略了過去。

雷九天鎮定了下來，正色道：「將軍你別說，我見老老十二天官的時候，見過那龍天官，他的模樣，倒真的和袁皇帝，後來又成了袁大總統的，十分相似，同樣是五短肥胖，大頭大耳，很有幾分帝王之氣。」

聽雷九天說得認真，鐵大將軍又是一陣縱笑。雷九天又伸手在腰際按了一下，這一次，他並沒有揮動酒蛇鞭，只是伸手按在腰部，當然他在暗中運勁，只見那「蛇」自他的腰際，如同活了一樣，昂起頭來，一股酒箭，自蛇口的玉管之中，射了出來。

雷九天昂高了頭，酒箭射高之後，再落下來，恰好全落在他的口裏。剛才他含着玉管喝酒，一點酒也沒有外溢，並沒有聞到酒香，這時他換了一個方法，酒才一射出，酒香撲鼻，登時令人心曠神怡。

鐵將軍也是嗜酒之人，一聞到這股酒香，脫口便讚：「好酒。」

他才一讚，雷九天就道：「將軍請。」

隨着一個「請」字，蛇頭突然一轉，酒箭向鐵蛋射了過來，來勢不急，鐵蛋微昂頭，張大口，恰好接了個正着，酒入口中，順喉而下，清冽無比，異香滿體，連喝了三口之後，鐵蛋不由自主，脫口再讚：「真好酒。」

雷九天大喜：「將軍善飲，以後我們共事，那就更加方便了，這酒……」

雷九天又介紹了幾句他放在蛇皮袋中那酒的好處，鐵蛋其時，全身都由於酒進入了血液，像有一股暖烘烘的火在全身流轉，四肢百骸，都有說不出的舒服，所以，並沒有聽進去。

直到鐵蛋又長長地吁了一口氣，雷九天的聲音才入了耳，他在說：「領袖召見我的經過，已經說完了，將軍，我一定盡我力量，為……人民服務。」

鐵大將軍和雷顧問的合作，使得這項任務完成得很好。雷九天是江湖的活辭典，什麼人物的來龍去脈，慣在何處活動，行事的方式如何，習性怎樣，武功如何，和其餘江湖人物，有什麼牽連，除非只是偷雞摸狗的小毛賊，不然，都能一一說出來歷。這就使鐵大將軍的行動，方便了許多，例如在山中抓到了一個人，明知他不是土著，可是其人又拚死什麼都不說，也就無法知道他的來歷和還有多少伙伴。

而在這樣的情形下，雷九天只要一看，就立刻可以叫出這傢伙的名字來：「好傢伙，真有長進了，哥兒你不就是巢湖的劉家三虎之一嗎？你那兩個兄弟呢？也躲進山來了？不當湖匪當山賊了？不過我看狗改不了吃屎的習性，我看你們那伙人還是依水為寨——參謀，查查地圖，看看附近有沒有湖泊，他們的巢穴，必在那裏。」

單是這一番話，就足以令得強悍兇殘的慣匪，面無人色，不戰而降。

在那時，領袖既然曾有過指示，是戰是降，結果完全一樣，一概格殺，所以到了後來，雙方之間的戰況，更趨慘烈，也沒有什麼人投降的了，一律拚死，鐵大將軍也殺紅了眼，連受傷的俘虜，也一律誅殺。

後來，在任務完成之後，鐵大將軍在呈給領袖的報告之中，有這樣的句子：「可殺可不殺的有四萬多人，都殺了。」

偉大的領袖的批示是：「殺得好。」

多麼有氣派，人的性命，在這種大人物的眼中，就和草芥一樣，唯有如此，才能穩固勢力，殺人會手軟的，哪配列入帝王將相的隊伍之中。

在這個過程之中，鐵蛋愈來愈明白，領袖派雷九天來的主要目的，是要他來辨認十二天官，因為只有十二天官才是「值得注意的人」。

至於何以十二天官被領袖定為「值得注意的人」，雷九天不知道，連追隨領袖，差不多可以把領袖的心意揣摩出四五成的鐵將軍，也不知道。

他又把領袖給他的那本書，看了三遍，還是不能明白領袖的喻意。

而他一遍又一遍要求雷九天講十二天官的事，也沒有什麼新的資料可以發掘了。

剿滅戰進行到了後期，已經殺了幾十萬人，軍隊一個山頭一個山頭推進，剩下的敵人，估計已經不多，根據幾次軍隊損失重大的遭遇戰的情形來看，雷九天下了結論：「這幾次戰役的對手，一定是十二天官。一定是他們。」

最早是戰敗回來的一個連長的報告，本來是極勇敢的軍官，可是在敘述他那一連，兩百人全部被消滅，只剩下他一個人逃回來的時候，身子還在發抖。

他說：「在夜行軍中，突然受到了狙擊……有一群……那不是人，是……山魈鬼怪……每個人的眼都會發綠光，一給綠光射中，就全身發軟，有什麼武器都沒有用，有原子彈，也扔不出去啊……那群鬼怪，來去如風，被沾着身子就倒，倒了就斷氣，兩百來人連發一聲喊的機會都沒有，就……全犧牲了。」

鐵蛋聽得臉色鐵青：「那你怎麼獨自回來了呢？」

連長身子抖得厲害，面上了無血色，好一會才道：「是他們放我回來的，……還有一番話，叫我帶回來……向將軍說。」

鐵蛋厲聲：「說，什麼話。」

連長急忙聲明：「那是那群鬼怪……說的。」

鐵蛋一拍桌子：「快說。」

連長聲音發顫：「一個鬼怪，像是一個瘦老頭，他……那時，我給另一個鬼怪在後面揪住了頭髮。那老鬼說，你們趕盡殺絕，一個不留。我們可不能學這種手段，總得留上一個活口，回去告訴你們那位鐵大將軍，有朝一日，他落在我們手裏，也會放他一回。」

鐵蛋聽了，不怒反笑，在一旁的雷九天，就在這時，用沉重的聲音道：「十二天官，準是這一伙，不會是別人，準是他們。」

雷九天的話，令得鐵蛋心頭震動，大是躊躇。

第十部

圍捕十二天官

在聽那連長報告的時候，鐵大將軍自然知道那一批人不是什麼妖魔鬼怪，只是極厲害而且心狠手辣的人。這批敵人一舉消滅了他二百多個部下，那令得他這個常勝將軍，猶如臉上被人摑了一掌。

他正在迅速轉念，如何展開搜捕，如何調動最精鋭的部隊，去消滅這股兇悍的敵人，可是雷九天卻忽然提醒他，那股悍匪，是十二天官——是領袖特地指示過的所謂值得注意的人物。

所謂值得注意，鐵蛋已經可以肯定，那是要特別處理的，至少，要生擒，看究竟有什麼地方值得注意，而不是格殺。

如果殺死了，再有值得注意之處，也沒有用了。

這些日子來，隨着他指揮的軍事行動節節勝利，他更加體會到了領袖的指示，關係重大，因為日理萬機的偉大領袖，竟然接二連三向他問及有關追剿的情形，又把那句指示重複了兩次，也問他有沒有聽雷九天的匯報，和看了那本書沒有。

鐵蛋不知道那是什麼大事，但是他卻知道，有一副千斤重擔在他的肩頭上，他必須極度小心處理。

他轉頭向雷九天望去，只見雷九天的神情也凝重之極，雙手緊握着拳，又道：「一定是十二天官。」

鐵蛋聽他說來說去都是這一句，不禁焦躁起來，大聲道：「說說該怎麼對付。」

雷九天震動了一下，反問：「不知道將軍要怎麼對付？是格殺，還是活捉？」

鐵蛋深深地吸了一口氣：「領袖曾特別指出，這十二人值得注意，需要注意，這……領袖的意思，當然是要特別處理。」

整個行動的指示是「格殺勿論」，「特別處理」的意思，自然是生擒活捉了。

雷九天接下來所說的話，倒令得鐵蛋大是滿意，相信自己的判斷不錯。

雷九天道：「是。是。我在覲見領袖的時候，也感到領袖特別關注這十二天官，能勸得他們……和平起義……也省了不少工夫。」

雷九天的話，說到後來，有點不倫不類，是以鐵蛋瞪了他一眼。

雷九天忙解釋：「我是說，十二天官各懷絕技，有的還擅長『迷魂大法』、『攝心術』，士兵一和他們眼光接觸，就會失魂落魄——」

鐵蛋更怒：「那多半是催眠術，你別長他人威風，那會動搖軍心。」在軍隊之中，「動搖軍心」的罪名何等之重，可以就地正法，雷九天發急：「他們還有一個天官大陣，更是厲害無比——」

他說到這裏，才想起自己愈是說，愈是在「長他人威風」，所以漲紅了臉，再也說不下去。

這時，鐵蛋早已想到，如果要剿滅，那事情容易，架上百十門大炮，一個山一個山轟過去，只消轟死了其中一個，天官門也就消滅了。

可是如果要「特別處理」，那就難上加難，這十二人都身負上乘武功，又在暗中，連他們在何處藏身都不知道，如何逼他們現身，就是大問題，怎能活捉他們？

一想到這一點，他心中更是煩惱。雷九天偏又道：「要是他們肯過來，利用他們的本領，再去追剿殘匪，可以事半功倍。」

鐵蛋冷笑一聲：「或者他們心中還存着『江湖義氣』，不肯幫着官府行事。」

雷九天是老江湖了，自然聽得出鐵蛋話中的譏諷之意，心中大是生氣，可是又不敢發作，一張老臉，也就漲成了紫紅色。

鐵蛋一揮手：「雷顧問，由你在軍中挑選會武術的人，能挑多少就挑多少，必要時，連我也算上——我也習過武。由你為首，來對付十二天官，這件事辦成了，是一樁特大功勞。」

雷九天可能是熱中想做官，一聽到有這樣的立功機會，精神一振，大聲答應，頗為自己有了用武之地而高興。

鐵蛋又向在一旁的參謀長下令：「在軍中挑選神槍手，一定要百發百中，組成小組，隨雷顧問行動。」

雷九天神情疑惑，不知道鐵將軍的第二道命令，用意何在。

我倒是一聽得鐵蛋說到這裏，就明白了。

他要調神槍手，組成小組的目的，當然是為了對付十二天官——萬一武術上對付不了，槍械自然還有用，只射傷，不射死，也就是「特別處理」了。

我嘆了一聲：「十二天官在這樣的大軍追捕之下，還能全身而退，真了不起。」

鐵蛋瞪了我一眼：「就是不能取他們的狗命，不然，一百二十個天官，也早成肉醬了。」

從鐵蛋至今猶有恨意的情形來看，當年戰況之慘烈，可想而知。

事實也確然如此，在那個連只剩下一個連長回來之後，又接連好幾次，一個排，或是一組巡邏，一隊偵察，遇上了伏擊，都是連對方是什麼模樣都沒有看清楚，就「被碰上就死」，但也總有一個活着回來，也照例傳他們的話，要鐵大將軍小心，總有一天，會把他活捉。

鐵蛋在開始時，下了極嚴的命令，不准傳播消息。可是這種人命關天的事，索性公開了還好，一旦不公開，又絕對無法消滅在暗中傳播，這就愈傳愈多，愈說愈是可怖，整個軍隊之中，離奇的說法之多，保證可以編一部鬼怪大傳。

而雷九天編了一個特別大隊，總共有七十多人，神槍手也有三十多人，但是一點用也沒有，因為根本找不到對手在何處。

於是，鐵大將軍無可奈何之餘，在各處林子、峭壁之上，豎上了木牌布告，直接邀十二天官出面相會——「本將軍以軍人榮譽保證，今公開會面，決不設任何埋伏，不加任何傷害，可以選擇去留。」

這可以說是自有戰爭史以來，最優惠的招降條件了。

這樣的布告，也用漆油寫在岩石上，而且，還發給每一個戰士——因為每次遭遇，雖然軍隊損失慘重，但總有一個被放回來，可以通過這個倖存者，向神出鬼沒的十二天官傳遞信息。

鐵蛋在許多年後，說到這一節時，仍然大有屈辱之感，我本來想哈哈大笑的，但是想到他是一個馳騁沙場的大將軍，卻要在頑敵之前，採取這樣的行動，那正是窩囊之極了，作為老朋友就不應該在這件事上取笑他。

所以，我沒有笑，只是大搖其頭：「沒有用，一定沒有用。」

鐵蛋神情懊喪：「我用軍譽作擔保，他們居然也不相信，太豈有此理了。」

我嘆了一聲：「你們說了不算數的例子太多了，而且兵不厭詐，你再拍心口擔保，到時一反悔，他們找誰評理去？哪有自己送上門來的道理。別說是你作擔保，就算是領袖出面做擔保，他們也不會上當——這點聰明才智，十二天官一定有。」

（若干年後，真的，領袖拍心口擔保了一些事，引得一大批人信以為真，上了當，那些人的聰明才智，顯然不如十二天官遠甚，結果，自然死傷狼藉，慘不堪言，也算是愚蠢的回報吧。）

鐵蛋睜大了眼望着我：「我可沒想要騙他們。」

我笑：「總之他們不會相信就是，你沒有等到他們來吧？快說到你成了他們的俘虜沒有？」

我等了那麼久，才忍不住催了一句。鐵蛋的反應，仍極其強烈，他把輪椅轉得飛快，竟沒有停止的意思，我走過去，用力按住了輪椅，不讓他再轉。

他嘆了一聲：「他們用了奸計，任誰也要上當。」

我心知其中的過程，一定十分曲折，可是一時之間，也想不出十二天官有什麼「奸計」可用。

因為十二天官雖然連連得利，又在暗處，可是想要接近鐵大將軍，也是很困難的事，別說俘虜他了，難道是雷九天倒戈相向——我立時放棄了這個念頭，因為十二天官若是行事要靠外來力量的話，也不成其為十二天官了。

鐵蛋深深吸了一口氣：「那時，我們已經有點眉目，他們的行動再快，根據好幾次接觸，他們一日之間的移動，也不能超過兩百公里——」

我不禁駭然：要在那種窮山惡水的環境之中，一天行動接近兩百公里，那豈是容易的事。

鐵蛋是軍事天才，在掌握了這一點之後，他調配軍隊就有了準則。

若是一晚部隊受到了襲擊，他就立刻以這個襲擊點為中心，兩百公里為半徑，調動軍隊，向中心點擠壓。

這樣的行動，需要大規模的軍事行動，參加的軍隊數目之多，也令人咋舌，最多的時候，軍隊的人數，超過六萬人。

以超過六萬人的武裝部隊，去對付十二個人，這只怕是人類歷史上強弱最懸殊的鬥爭了。

可是，強的一方，並沒有佔多大的優勢，至少，在心理上反倒處於劣勢。軍中對這十二個「鬼怪」的恐懼心理，像瘟疫一樣蔓延，甚至出現了罕見的逃兵現象。

逃兵現象已令得鐵將軍頭痛無比，而更令他頭痛的是，他的主要手下，參謀長直接向中央報告他「行動失常，指揮失誤，實乃我軍建軍以來之最大錯誤」，向他作嚴厲的攻擊，而在上級機關，也有更多的人對鐵蛋的行動大是不滿。

可是使鐵蛋感到自己並沒有做錯的，是當事情鬧到了最高領袖那裏，最高領袖所說的話。

領袖下達了很是肯定的指示：「一切行動，由鐵蛋全權負責，由於環境特殊，可以根據指揮員的個人意思，隨意行事。」

那參謀長被調離部隊，鐵蛋知道自己做得極對，就算再加一倍人馬，只要是活捉十二天官，那就是領袖最高指示的真正用意。

至於領袖何以要如此重視十二天官，鐵大將軍當時，再聰明，也想不出一個究竟來。

老實說，他把一切經過向我說了，我也不明白領袖的用意何在，簡直不可思議之至。

那時，憑着絕對優勢的兵力，鐵蛋深信自己已經把十二天官圍在包圍圈之中了。

既然有了領袖的支持，鐵蛋的行動，更沒有顧忌，全力以赴，縮小包圍圈，哪怕每天只縮小五公里，三五個月下來，也必然可以把十二天官擠出來。這是最笨的辦法，也是最有效的辦法。十二天官顯然也覺得不妙，他們發動襲擊的次數更多，但範圍始終在包圍圈之中。

又過了十來天，包圍圈縮小到了半徑只有四十公里了，鐵蛋隨軍推進，那一晚，駐軍在一個小山谷之中。

由於十二天官一直在揚言，要活捉鐵大將軍，所以鐵將軍的警衛工作，也嚴密無比。

除了有一個警衛連之外，還有雷九天率領的武學高手，鐵蛋自己，也警惕非凡，不敢大意。

那一次事變，鐵蛋事後追溯起來，事情還是壞在雷九天的身上。

那小山谷是一個天險，四面都是高聳的峭壁，只有一個山坳，可供進入，本來盤踞着一股自四川撤下來的敗兵，經過三日激戰，才全部消滅。

那股散兵在這山谷中已盤踞了些日子，所以蓋有十來間石屋，雷九天一看就說這裏可以成為司令部，鐵蛋也沒有意見。

若說雷九天辦事不公，那也不公平，他非但在山坳口佈下了重兵防守，就連峭壁之內，也組織了六個巡邏隊，徹夜巡查，因為這種陡壁，並難不倒武學高手。

而他自己，也親自巡查，這個身形扎實的老頭子，像是有用不完的精力，這些日子來，部隊上下，無不敬佩，連鐵將軍也對他另眼相看了。

那晚上，午夜時分，雷九天帶着兩個人，才巡到山坳口，忽然聽到汽車喇叭聲大作，按個不停，晚上靜寂，車號聲在山中一響起，立時激起了回音，一時之間，簡直如同鬼哭神號一般，驚天動地。

雷九天不禁大怒，軍中有一個汽車營，所有的車子，不論大小，都歸這個營調配。汽車營的官兵，自視頗高，很有點特殊分子的味道，也經常鬧事。

雷九天以為又不知是什麼官兵喝醉了酒在發酒瘋，可是酒瘋竟然發到司令部的旁邊來了，這還了得？

雷九天一揮手，身形略矮，已向下疾竄出去，他兩個手下，也是武學高手，就緊跟在後面。

他們還沒有從山坳的口子奔出去，就看到幾道強光，直射了過來，叫人眼都睜不開，雷九天又驚又怒，瞇着眼，約略看清來的是三輛吉普車，都亮了車頭燈，在崎嶇的山路上，馳騁極快，車身跳動，那幾根光柱更是閃動不定，令人眼花撩亂。

雷九天忍無可忍，大喝：「停車，太胡鬧了！」

第一輛車中，卻有好幾個人一起斷喝，聲音有男有女：「放肆！領袖來了！」

這「領袖來了」四字一入耳，恍若晴天霹靂，雷九天整個人都呆了一呆，而三輛車子也已飛駛到了近前，當中那輛吉普車上，一共有四個人，其餘三個是什麼人，雷九天也沒有看清楚，只看清了其中一人，身形高大，廣額長髮，目光炯炯，不怒而威，不是領袖是誰？

雷九天一驚，實是非同小可，張大了口，說不出話來，雙腳發軟，差點又沒有再跪了下去。

就在那時，車子並沒有停止前進，領袖在車上向雷九天招手：「來，雷老，我們一起見鐵司令去。」

雷九天只覺得耳際「嗡嗡」作響，那一聲「雷老」正是上次他覲見領袖時，領袖對他的稱呼。單是這一聲稱呼，雷九天就感激得想趴在地上叩九個響頭，滿身發熱，下定了士為知己者死的決心，因為領袖對他的禮遇，實在太隆重了。

這時，又聽得領袖這樣叫，雷九天在車子經過他身邊時，竟提不起勁來躍上車去——以他的武功造詣而論，那簡直不可思議，還是車上的人拉了他一把，他才上了車。

上了車之後，他如何敢和領袖一起坐，只是站着，車子已直駛進了山谷。有不少負責警衛的官兵，聽到了喧鬧聲，一起奔了過來，只見雷九天站在車上，揮着手，大聲叫着：「讓開。讓開。各自嚴守崗位。不得亂傳消息。」

眾官兵一看到這等陣仗，如何還會有行動？

而且，車頭燈雖然刺眼，在車上的人，還是隱約可辨，領袖的像，誰沒見過，一時之間，人人震驚，誰還敢出半句聲？

這時，鐵蛋還沒有睡，他正在看書——就是領袖給他的那本書，也早聽到了外面的車號聲、呼喝聲，覺得不成體統，但他身為大將軍，自然也不必親自出去硬壓，只是皺着眉在生氣。

接着，他又聽到了雷九天的呼喝聲，在喝令眾人離開，他才覺出事情有點不尋常，才站起身，門處一陣勁風，「砰」的一聲，本來就不很結實的門，已被撞了開來，雷九天滿面通紅，飛撲而入。他武學造詣也真是高，撲進來的勢子那麼急，可是一下子就穩穩地站到了錯愕萬分的鐵蛋身前。

雷九天的聲音宏亮之極，只聽得他叫道：「領袖來了，將軍快接駕。」他真的急了，所以又冒出了「接駕」這樣的詞兒來。

鐵蛋怔了一怔，一時之間，還沒有會過意來，領袖已帶着二男一女，走了進來，朗聲道：「小鐵，你這仗不好打，來看看你，有什麼難題，一起琢磨琢磨……」

鐵蛋定睛一看，燈火閃爍之中，進來的不是領袖又是誰？

而且，剛才入耳的那幾句話，鐵蛋也聽過許多次了——好多年的戰爭歲月之中，遇上戰事有阻滯時，領袖也曾突然出現在陣地上，對他講同樣的話，每一次，都使他增加勇氣和智慧。

這時，鐵蛋只覺得熱血沸騰，身子站得筆直，行了一個極其漂亮的軍禮：「領袖你好。」

領袖走近來，伸手拍鐵蛋的肩——領袖的個子高，鐵蛋要仰起頭才能看他，只見領袖似乎比上次見到時，老了一些，可知國家大事，千頭萬緒，很是傷神。鐵蛋極誠懇地道：「領袖要多多保重，這種地方，不要來了。」

領袖笑着：「來，跟我來，我帶你去見幾個你再也想不到的人。」

領袖說着，轉身就走，和他帶來的幾個跟隨，一起出了屋子，鐵蛋自然跟在後面，雷九天也跟了出來。

領袖一出屋子，就自顧自上了車，只向鐵蛋招了招手，鐵蛋也上了車，雷九天站在那裏，未蒙領袖指示，他卻不敢上車。

領袖在車上向他道：「雷老，鐵司令跟我去有事情，少則一天，多則三天就回來，這裏的事，由你代理。」

這時候，高級軍官都已得了信息，可是卻遠遠地圍着，沒有人敢過來。三輛吉普車，就在眾目睽睽之下，響着車號，車頭燈光射出老遠，疾駛而去。

鐵蛋講述到這裏，停了下來，連連喝酒。

我由於一早就知道他遭了十二天官的俘虜，又知道十二天官是用了「奸計」的，所以，當他一說到雷九天看到領袖時，我就知道那是假的了。

江湖上的奇才異能之士多，易容改扮，不是難事，再加領袖的相貌言語行為特徵，天下皆知，要模仿得維妙維肖也不是難事。

何況當時的情形，雷九天一上來就有了先入之見——他只見過領袖一次，自然更難分辨，他一大呼小叫，假冒者等於是他帶進來的一樣，鐵蛋當然也容易上當。

雖然由於對方的行事巧妙，容易上當，但是鐵蛋以大將軍的身分，就這樣容易被人帶走，也說不過去。而且他曾在近距離和領袖面對面，又曾和領袖長時期相處，若說是一點破綻也看不出，自然難免粗心之責。

鐵蛋望了我一下：「我知道你在想什麼，你在說，我太疏忽了。」

我點頭：「是，易容假裝之術，精巧得和真的一樣，那是小說家言，實際上，總有破綻可循，仔細一點，可以分得出。」

鐵蛋伸手在自己的臉上重重抹了一下：「我不和你爭辯，再聽下去，你自然會知道何以我會深信不疑。」

我想了幾個可能，只想到領袖的行事，一向鬼神莫測，而且他威信極高，一見到了他，都不免緊張，也就無法細察了。

我只是問了一句：「你孤身一人，就跟着領袖走了，難道不疑心嗎？」

鐵蛋長嘆了一聲。

他不是不疑心，而是當他疑心時，已經遲了。

上了車之後，領袖沒有再說過話，沉着臉，自然威嚴。鐵蛋先向自己的車看了看，再向前後的車子看了一下，除了自己和領袖之外，一共是七男四女，都是陌生面孔，以前全未見過。

鐵蛋心中，陡地起疑，又很大膽地盯着領袖看了一眼，確定身邊的真是領袖，他才道：「領袖的警衛員怎麼全都換了？」

他問了這一句，領袖的手向上略揚了一揚，鐵蛋在全然沒有防備之下，雙肩一麻，已然着了道兒，他大叫一聲，腰際再是一痛，已經動彈不得。

第十一部

他不是領袖是誰？

鐵大將軍這一驚，實是非同小可，直到那時，他還是未曾想到，領袖會是假冒的。他只當是領袖要拿他問罪，而用了這樣的手段，自然是死路一條了。

剎那之間，任憑他再勇敢過人，也出了一身冷汗。

而他全身有三個穴道被封，除了眼珠還能轉動之外，連話也不能說。

而且，點穴功夫，是武術之中，至高無上的功夫，鐵蛋武學造詣非凡，他就不會，授他武藝的是他的叔叔，也不會。南白北雷，白老大和雷九天也不會，我遇到的許多高人，也不會。

而在他身後的兩個人，一個看來獐頭鼠目，一個看來粗魯無比，竟然會點穴功夫，自己實在是沒有反抗餘地了。

在這樣的劇變之下，他只好眼珠轉動，望着領袖，只見領袖神色漠然，一伸手，自他的腰際，摘下了手槍，同時，又揚了揚手。

鐵蛋只覺眼前一黑，一隻皮袋，兜頭罩了下來，把他的上半身罩住。

那皮袋竟專為罩人而設，袋口有許多帶子，鐵蛋在毫無反抗能力的情形之下，雙手雙足，被緊緊綁住。

鐵蛋這時，心中的冤屈，真難以形容，想不到一生征戰沙場，竟死得那麼不明不白。

車子一直在疾駛，約莫駛了大半小時，鐵蛋才被提下車來，從感覺上來說，是上了山，在向上竄，提他的人氣力很大，提了一個人，仍然上得飛快。

直到這時，鐵蛋才感到事有蹊蹺——領袖若是要收拾他，何必把他帶到山上去？

可是他再機敏，也無法料得到究竟發生了什麼事——只有一點可以肯定，他已落入他人的手中，必然凶多吉少。

他拚命掙扎，可是點穴功夫，奇妙無比，硬是一點也動彈不得。

約莫又過了一小時左右——或許並沒有那麼久，只是鐵蛋被裝在皮袋之中，度分如年，所以就覺得過了很久，這才慢了下來，又移動了一會，就停了下來，耳際只聽到淙淙的水聲。

鐵蛋感到被放了下來，靠着石頭站住，陡然刷地一聲響，眼前一亮，那皮袋裂了一個口子，使他的臉露了出來。皮袋是被一柄鋒利無比的匕首劃開的，那匕首閃耀着藍殷殷的光芒，離他的臉面，不夠半寸。

自那匕首之中，竟有一股淡淡的幽香散發出來，當真是詭異之極。

匕首握在一個長臉的女人手裏，那女人的神情，陰森之至，也叫人不寒而慄。看來，這匕首之上，一定淬有見血封喉的劇毒，剛才那女人劃破皮袋之時，要是力度大了些，只怕這上下，自己已經一命歸西了。

不過鐵蛋這時，倒並不怕死亡，他只是要弄明究竟發生了什麼事，領袖為什麼要這樣對付他。

他轉動眼珠，四面看去，只見自己身處在一個大山洞之中，被放在洞口左面的洞壁前，那山洞的洞口，十分狹窄。

山洞中點了不少火把，火光閃爍，令得山洞中忽明忽暗，情境詭異。

觸目所及，男男女女，鐵蛋先看到了有七男四女，個個都透着說不出的古怪，目光灼灼，或坐或立，望定了他——並不出聲。

山洞中很靜，只有那淙淙的流水聲。鐵蛋勉力轉動眼珠，循聲看去，心頭不禁大震。

他看到了領袖。

領袖背對着他，站在一股泉水之前，略彎着身，看來正在洗臉。

那股泉水，在湧出來之後，在山洞的一角，積成了一個小小的水潭，水注入潭中，發出的水聲，聽來很是悅耳。可是那時，鐵蛋哪有心思去欣賞泉聲，他盯着領袖的背影，心中如同打翻了五味架，甜酸苦辣鹹，什麼味道都有，還有一股甜腥腥的味道，徘徊在喉頭，他知道，那是由於心中傷痛太甚，想要咯血。

他勉力調勻氣息，可是淚水已不由自主，自眼角滾湧而出。

領袖寬厚的背影，對他來說，是多麼熟悉。

他是軍隊之中，年紀最輕的高級軍官，軍事天才，全軍公認，而打仗之勇敢，也是全軍稱頌，領袖在巡視陣地時，最喜歡故意大聲叫他「鐵司令」。

有一次，領袖還脫下了自己身上的大衣，硬披在他的身上，而自己轉身，頂着寒風離去，那背影就和現在所見的，一模一樣。

他口不能言，心中卻在叫：領袖，你要我死，我絕不皺眉，可是我是你的將軍，你不能折辱我。你要是折辱我，那等於是折辱你自己啊。

領袖一直在洗臉，像是他的臉髒得難以洗乾淨，其餘人一聲不出，鐵蛋可以聽到自己的心跳聲，他的眼睛生痛，他努力想在喉際發出點聲音來，吸引領袖的注意，可是無法成功。

領袖終於洗完了臉，直起了身子來，那高大的身形，鐵蛋更是熟悉。

然後，領袖再伸手在臉上抹了一抹，緩緩轉過身，向鐵蛋望來。

鐵蛋一看到領袖的臉面，就整個人呆住了！

那是領袖。當然那是領袖，領袖正在向他一步一步走近來，愈離得他近，他愈是肯定，那就是領袖。而且，這時他已不必斜着眼去看，可以直視，當然看得更清楚，那確然是領袖。

可是不對，不對，什麼地方不對了？是了，怎麼領袖看來那麼年輕，像是時光倒流了三十年？自己第一次見到領袖，高興得又叫又跳，淚流滿眶的時候，領袖就是這個樣子的。

那時，自己只不過是個娃娃兵，可現在，自己已經是大將軍了，怎麼領袖還是這樣子？

不對！不對！一定有什麼地方不對，可是鐵蛋的腦中一片紊亂，根本無法去分析發生了什麼事！

領袖一直來到了離他只有幾尺遠近才站定，盯着鐵蛋。直到這時，鐵蛋才感到了陌生，因為領袖的眼光陰森，一如山洞中的其他男女。

領袖開了口，語言也很怪異，他說：「看清楚了，鐵大將軍。」

他一面說，一面抬起手來，在下額上抹了一下，原來在那裏的一個明顯的面相特徵，一下子消失不見了！

到了這時，鐵大將軍才算是明白了，眼前的這個人，不是領袖，是假冒的！

他雙眼睜得極大，剎那之間，他不知道自己的心是不是還在跳動，他眼前金星直冒，只想到一個問題：天下竟然有那麼像領袖的人！雖然說人有相似，可是也不能像到了這種地步。

鐵蛋敘述往事，愈說愈是緊湊，我也愈聽愈緊張，聽到這裏，我心中陡然一亮，發出了「啊」地一聲怪叫，由於震驚，我的手甚至震動了一下，連杯中的酒都灑出了一大半來。

這種情形，對我來說，可以說是罕見之極，可知我是真正的震驚！

鐵蛋望着我，沉聲道：「你想到了。」

我餘悸未了，點了點頭，出不得聲。

鐵蛋神情苦澀：「你想，現在……事過境遷，塵埃落定，所有可能發生的天翻地覆的變化，都已發生，秘密隨着時間的消逝，已經不再是秘密，你尚且如此震驚，我當時的吃驚程度，你想想看。」

我深深地吸了一口氣，用力點了點頭，表示我可以明白他當時的吃驚程度。

鐵蛋當時的那一驚，實是非同小可，一時之間，氣息上湧，竟將被封住的穴道衝了開來，他一張口，發出了「呀」地一下大叫聲，聲音變得自己也認不出：「我知道你是誰。」

那領袖冷冷地道：「你到現在才知道，當真是後知後覺之至。」

鐵蛋在突然之間，知道了那假冒領袖的是什麼人，心頭所受的震撼，實在難以形容。而且，領袖的一切指示，也都明白了。

領袖為什麼一再要他看那本記載早年生活的書，他也明白了。

了。

領袖為什麼欲語又止，對他的指示這樣空泛，可是又如此關切，他也明白了。

鐵蛋更明白了如今發生的事，可大可小，小到了他個人的身家性命，化為烏有，大到了整個國家民族的命運，發生變化。

所以，他不由自主喘氣，大口大口喘氣。這時，洞中的其他男女，一起站了起來，走過來，排成一列，站到了鐵蛋的面前。

鐵蛋勉力使自己定下神來，他一開口，不愧是大將軍的身分，也不枉領袖把這副千斤重擔，放在他的身上，他道：「不論你們想怎樣，都可以安排。」

說了這一句之後，他又對那個年輕了的領袖道：「謝天謝地，找到你了，領袖——你爸爸，一直很想念你，你是——」

那「年輕的領袖」聲音平板無比：「我是龍天官，我的名字是執徐。」

聽鐵蛋說到這裏，我不禁閉上眼睛，深深吸一口氣。

雖然我早已想到了，但是再由鐵蛋他敘述作證實，又是另一個衝擊！

領袖的兒子！

照雷九天的說法，這個龍天官，是當今太子！

十二天官中的龍天官，必須是天皇貴胄，領袖的名稱雖然不同，但是權勢熏天，和皇帝無異，他的兒子，自然正適合龍天官的身分。

事情真是怪到了不可思議，龍天官不是已失勢了的皇帝之子，不像是什麼桂王之後，洪憲皇帝的私生子，他是正在權位上的「皇帝」的兒子。如果通過安排，他可以順理成章，得到諸文武大臣的擁護，成為國家最高權位的承繼人！

我可以料得到，鐵蛋在一知道了龍天官的真正身分之後，他也立時有這個想法，所以他才說「一切都可以安排」。

我也不再怪他疏忽，由於遺傳因子的緣故，兒子在長相上有可能十足是老子的影子，由兒子來扮老子，通過精巧的化裝術，自然難以分出真偽——龍天官在洗去臉上的化裝，鐵蛋看看他的背影時，仍然當他是領袖。

而領袖自然是早已得到了情報，知道他早年失散的兒子之一，參加了十二天官這樣一個組織，那是政權必須剿滅的對象，所以他不能明白指示，要保持極度的秘密，以維持他永遠偉大正確的形象，所以他只能含糊其詞地作出表示，再利用雷九天的轉述，使鐵蛋明白。

可憐鐵蛋直到這時，才打破了這個啞謎。

那時，他的手不能活動，不然，他真想重重打自己兩個耳括子——領袖給他看那本書的用意，其實很明顯，在那本書上，清楚地記載着，領袖為了國家民族的前途，公而忘私，他有兩個兒子從此失蹤，其中年長的一個留在上海給人照顧時失散，下落不明。年幼的一個在戰亂之中，在江西交給孩子的阿姨和叔叔照顧，可是也因為局勢太混亂，而不知所終，一直未能找到。

兩個孩子不同母親，但全是領袖的骨肉，都是「天皇貴胄」的身分，都有舉足輕重的特殊地位。

兩個孩子的年齡相差五歲，在成年人來説，五年的相差，不是很容易分別。

所以，鐵蛋的話，最後才有「你是——」這樣的問題，他是在問對方，你是大的，還是小的？

那時，鐵蛋的思緒極亂，他一時之間，想不起何以領袖的兒子會加入了十二天官——這一點，我一想就明，十二天官的龍天官，既然一定要「天皇貴胄」，那麼，老老天官發現了這個失散的孩子，知道了他的身分，領袖其時雖然還不是「皇上」，但是聲名赫赫，也已有了一番事業，而且前途未可限量，老老十二天官，自然如獲至寶。

假設，老老十二天官中的龍天官，就是那個自朝鮮找來的洪憲皇帝的血脈，那麼，算起來，當他發現領袖的兒子時，年紀一定已經不小，老到了急於要找承繼人——要是找不到，天官門也就不再存在了。

對當時的天官門來說，那是天大的喜事。

那時，領袖的兒子自然還在幼年階段，又正值流離失所，被天官門收留，他自己根本沒有反對的餘地，就算有什麼人要反對，又怎是十二天官的敵手？

那時，領袖還未正式「君臨天下」，但是領袖的兒子，也很合天官門龍天官的要求了。

我一直在想以當時領袖的地位，他的兒子當龍天官，多少有點勉強，直到以後，才知道老老十二天官之中，有一位精通陰陽術數，麻衣柳莊，各種相法，而且起課占卜，效應如神，早已料定領袖日後必然出人頭地，飛黃騰達，可與歷史上的漢高祖唐太宗媲美。所以，那時的幼兒是最理想的龍天官人選。

鐵蛋當時，思緒雖然雜亂之極，腦中轟轟作響，而且，後腦上有兩根血管，在產生劇痛。

但是他卻也放下心來，因為他知道，對方的龍天官，是領袖的兒子，而自己是領袖麾下的一員大將，那可以說是自己人了。

而且，領袖把這樣隱秘的一項任務交給自己，那是對自己的信任，而自己居然不負所託，這是大大的一樁功勞。

一想到這一點，他又興奮起來，連聲道：「龍哥兒，快把我解開來，慢慢說話。」

也虧得他在思緒紛亂之中，想出了「龍哥兒」這樣的稱呼來。這種稱呼，在他來說，是「龍天官」的比較親熱的叫法，很是得體。

龍天官雙眉一揚，手略揮了一揮，那長臉的女人，身形聳動，走了過來，仍用那柄鋒利之極的匕首，也不看，隨手揮動，就把鐵蛋手足上的皮條，一起割斷。鐵蛋一面活動手腳，一面道：「你們都好安排，其實，你們不必用這種手段，一切都好安排。龍哥兒，你和你父親真像，簡直一模一樣。」

鐵蛋說得十分由中，因為龍天官不但外貌像領袖，而且行動也像，一揚眉，一揮手，也大具領袖的威嚴。鐵蛋也看出，這十二天官，理論上是以鼠天官為首，可是如今，分明是龍天官在發施號令。

鐵蛋活動了一會手足，龍天官就冷冷地道：「你還沒知道我的意願，就說容易安排，別太口輕了。」

鐵蛋怔了一怔，聽出龍天官的話中，大有文章。他說「都可以安排」的意思，自然是說，十二天官雖然殺了不少官兵，而且是剿滅戰爭的第一對付目標，和官兵勢不兩立，必須消滅。

但其中既然有領袖的兒子在，自然一切都大不相同，十二人的罪名，當然一筆勾銷，鐵蛋還會把他們安排在身邊，帶回京去，讓領袖父子重聚，骨肉團圓。以後，龍天官他們，自然由領袖直接處理，再也不必他來勞心，而他也穩領大功一件了。

可是，如今龍天官卻這樣說，那麼，他的意願，又是什麼呢？

鐵蛋望了龍天官半晌，只覺得對方的神情，深不可測，全然無法揣知他在想些什麼——這一點，也和領袖一樣，所謂「天威莫測」，就是這樣一種情形。

龍天官半轉身，一手叉腰，一手指着鐵蛋，說出了幾句話來。

那幾句話，聽得鐵蛋魂飛魄散，如同五雷轟頂。

他在向我轉述龍天官當時的那幾句話的時候，已經是事過境遷，而且我也早知道，那個龍天官已死在苗疆的藍家峒之中。

可是，我也不禁咋舌。心頭好一陣怦怦亂跳。

那龍天官說的是：「鐵大將軍，我要你保我在回京之後，至多十年，取代領袖的位置。」

鐵蛋當時，呆若木雞，或是如同泥塑木雞，那是一點也不錯，可是他的身體之內，卻是氣血翻湧，如同要造反一樣。

他張大了口，出不了聲，龍天官問：「聽清楚了沒有？我要取代他的位置，當最高領袖。」

鐵大將軍的喉間「格格」作聲，那時候，他想到的一切，雜亂之極。可是最早想到的，卻是在他潛意識之中最熟悉的一些事。

所以，他一開口，說的那句話，不是身歷其境的人，再也想不出來。

他語帶哭音，道：「龍哥兒，那可不成，你還有兩個哥哥在啊。」

鐵蛋在思緒雜亂之極的情形下，思路比雷九天也好不了多少，他首先通過潛意識所想到的是，那是皇帝傳位的大事，當然長子在先，眼前這個是領袖的小兒子，似乎輪不到他。

龍天官一聲冷笑：「唐太宗英明神武，在歷史上創出了盛唐之世，他也不是長子。」

鐵蛋一時之間說不出話，驚駭令他全身發抖。

龍天官又道：「而且，你錯了，我不止有兩個哥哥，而是有三個。」

鐵蛋一聽，心中又是一凜。

在當時，領袖兒子的情形，舉世皆知的是，他有兩個兒子在，兩個兒子失了蹤。

龍天官說他有「三個哥哥」是對的，可是其中的一個失了蹤。

他特地這樣提出來，是不是表示他知道另一個失了蹤的領袖兒子的下落？鐵蛋想從龍天官的神情中，看出些究竟來，可是龍天官神情高深莫測，一點也看不出什麼來。

在這裏，必須說明一下的是，當時在山洞之中，龍天官和鐵蛋對話時，他的三個哥哥的情形是：兩個哥哥在，一個失了蹤，龍天官的地位還不是太重要。

可是在沒有多久之後，領袖的那個失蹤兒子沒找回來，兩個兒子，卻一個死在戰場上，一個發了瘋！

如果領袖要找自己的兒子做承繼人，龍天官是唯一的選擇，地位之重要，無可比擬。

當時，鐵蛋雖然不知道會有這樣的變化，但是也已經夠吃驚的了。

他試探着問：「你……你知道那個哥哥的下落？」

龍天官的神情有點陰森：「那不用你管，對付那三個人，我們有辦法。」

他口中的「我們」，自然是指十二天官而言，關於這一點，鐵蛋完全同意，因為十二天官個個都有一身驚人的本領，要安排領袖的另外三個兒子的死亡，是輕而易舉的一件事。

我在心驚肉跳之中，聽到鐵蛋說到這裏，喉際忽然發出了「咕」地一下怪異的聲響來。

鐵蛋望定了我，立時知道我在想什麼——我是在想，領袖的兩個兒子，一個死在戰場，戰場上是最佳的謀殺地點，可以把一切都推在敵人頭上——發了瘋，神智間歇不清，那也有可能是慢性中毒的結果。

那是不是龍天官終於下了毒手呢？

我一面揮着手，一面卻不由自主搖着頭，思緒紊亂之極。照說，老十二天官進了藍家峒之後，沒有出來過，但是龍天官既然存有這樣的野心，能甘心在苗疆之中，隱居一生嗎？

第十二部

密謀奪取政權

這其間，不知道還有多少大秘密在。

而這些堪稱為驚天大秘密的事，當然都記載在那十二冊記錄之中。

而我仔細讀過那十二冊記錄，卻找不到有關事情的片言隻語，道理也很簡單——全叫鐵天音撕走了。

我這才想起，鐵蛋在一聽到「十二天官」，就整個人忘形地激動，我還未曾向他說鐵天音的行為。而這時已不忙說，不然，更會形成思緒的紊亂。

至少，我已知道，鐵天音這個時代青年，會對老十二天官有興趣，是由他父親那邊的關係。多半是鐵蛋在酒後曾失言，向鐵天音提起過十二天官的事。

後來證明確然如此。

至於鐵天音把十二天官這個天大的秘密，據為己有的用意何在，以及他此際去了何處，我仍然一無所知。

我喝了一口酒：「真了不起，這龍天官想做李世民。不過他打錯了算盤，第一，領袖不是李淵，第二，李世民一直南征北討，大唐的江山，倒有一半是他打下來的，龍天官哪有這些功績，何以服眾？」

鐵蛋嘆了一聲：「是啊，我勉力定神之後，也感到事態十分嚴重，所以便說了一些話。」

鐵蛋那時，喉嚨像是有火在燒一樣，他啞着聲音問：「可有酒？」

一個身形極高大的漢子「哈哈」一笑，山洞之中，響起了轟然的回音：「別的沒有，酒還能沒有嗎？」

他說着，就走向山洞一角，鐵蛋看到那一角，堆着不少竹筒，只見那漢子拿起一個來，向鐵蛋直拋了過來。

竹筒帶着「呼呼」的勁風，向鐵蛋飛到，要不是鐵蛋也有兩下子，就怕會給那筒酒砸死。

這個極高大的漢子，自然就是十二天官中的牛天官，也就是和紅綾飲酒的那個牛天官的師傅，說是一天要喝十筒酒，活到了九十九歲的那個，我當時隨口說了一句「老天官的事早已湮沒，作不得準」，就引出了那一盒記錄來，才有了逐步揭露大秘密的這些過程。

一切的開始，只不過是隨便一句話。

鐵蛋接住了竹筒，大口喝酒，一面搖頭：「龍哥兒，現在不是封建王朝了，父位子承……這樣的事，不是沒有，可是——」

他話還沒有講完，龍天官已沉聲道：「我們主意已決，你不必多言。」

鐵蛋這時，已從極度的震駭之中，恢復了過來，一聽得龍天官這樣說，他又是好氣，又是好笑，立即回答：「你們決定了有什麼用，也要領袖肯才好。」

龍天官伸手直指鐵蛋，神態無禮之極，可以說，除了領袖之外，還沒有人這樣對待過他，鐵蛋的心中，自然不免大怒，想要發作。

可是一轉念間，想到對方是領袖的小兒子，自幼失散，要是再回到父親的身邊，必然大大得到父親的鍾愛，說不定會成為極有權勢的人，自己又何必得罪他？

鐵蛋身在權勢之口，自然深知權力鬥爭的可怕和殘酷無情，所以，他硬是忍了下來，沒有發作。

而龍天官就指着鐵大將軍的鼻子發話：「這就得靠你，靠你們這班大將了。要是你，你們個個都奉我當領袖，老頭子肯也得肯，不肯也得肯……」

若是說剛才，鐵蛋一知道了龍天官的身分，猶如五雷轟頂，三魂七魄去了一半。那麼現在他一聽得龍天官這樣說，就是百雷轟頂，魂魄全無了。

他才因為龍天官的無禮，而臉漲得通紅，卻一下子在面上變得血色全無，全身冰涼。

龍天官不但要對付他的兄弟，也要對付他的父親！

他準備用十年的時間，登上領袖的寶座。

這是什麼樣的野心——而更可怕的是，他的這種野心，很有實現的可能。

龍天官對着完全怔呆了的鐵蛋，嘿嘿冷笑：「鐵將軍，你放心，我決不是扶不起的劉阿斗，也不是像我那兩個哥哥那樣的草包，只要你們肯站在我這一邊，十年八載，必能如願以償，到時，也不會虧待你們。」

鐵蛋想說什麼，可是舌頭像是被凍僵了一樣，硬是一句話也講不出來。

別說他當時駭絕，那麼多年了，他向我敘述到這一段時，仍然舌頭像是打着結一樣，說話不是那麼流利。他說到這裏，又向我望來。

我雖知這樣的事，結果沒有發生，龍天官的野心，並沒有影響歷史，但是也不免聽得心驚肉跳。

（請注意，上面的句子，看來沒有什麼不對，但是卻只有一半是對的，尤其是那句：「龍天官的野心，並沒有影響歷史」，充其量只對了一半而已。但那是要等好久之後才能理解的事。）

我知道鐵蛋望向我的意思——龍天官後來甚至沒有公開出現，只是在藍家峒中終老，這當然是鐵蛋竭力抗爭的結果了。

所以，我點了點頭：「你做得對，這種陰謀野心，太可怕了，而且，有可能實現，不必全體將領擁護他，只要有少數，譬如說，以你鐵大將軍為首，有分量的一批。只要一鬧事，局面就會亂。而在那十年八載之中，以他特殊的地位，和特別的才能，再加上十二天官得心應手的恐怖手段……」

說到這裏，我感到龍天官的野心，得到實現的計劃，竟是大大增加，所以也不免感到了一股寒意。

鐵蛋嘆息：「當時我想誰來當領袖，對老百姓來說，都是那麼一回事。但是想想，若是讓黑道中的亡命之徒，見了也望風而逃，處事手段如此兇狠的十二天官當了領袖，那一定是差之極矣的一種情形了——至於後來，領袖的作為，叫人想起可能十二天官當任，也不會如此之糟，那自然又是後話了，當時，誰能料得到？」

我攤了攤手：「你若是答應了他，榮華富貴，可以更進一步，而且，情勢也不容許你拒絕，你是怎麼應付的？」

鐵蛋忽然仰天長嘆，半晌不語。

古時，在火把光芒之下，龍天官侃侃而談，把他如何奪天下的計劃說出來。所以他看出去，彷彿又回到了初初打天下的時候，被敵方大軍重重包圍，可是領袖卻鎮定如恆，每喜手叉着腰，來回踱步，談論天下大事，胸懷必勝之心。眼前的龍天官，就完全是這種神態，可見他雖是大言炎炎，也還真有真材實料。

鐵蛋當時，就長嘆了一聲，龍天官站定，疾聲道：「我們計劃已久，我一口鄉談，學得怎樣？若不是為了使領袖對我父子親情不致有隔膜，誰去學那種鄉談？」

一直，只是龍天官一個人在說話，別的十一人，只是陰森森地看着旁聽，這時，那長臉女人才忽然一聲冷笑，令人毛髮悚然，而她接下來說的話，更叫人吃驚。

她道：「照我說，哪有那麼多麻煩，也不要十年八載，這就上京去，解決了老頭子，由你假扮他，立時三刻，就去登大寶座，誰也認不出你是假貨。」

這話更是匪夷所思之至，但也確然，實行起來，更直截了當。

因為龍天官扮起領袖來，是如此維妙維肖，本就不易被人識破。

而且，就算有人心中起疑，有誰敢出聲，真要出聲，十二天官的手段高強，高過「血滴子」百倍，要製造若干「意外」，易如反掌。

再加上領袖的權威，已經被抬到了「神」的位置上，他真要大誅功臣起來，「金口」一開，不知多少人前仆後繼，為他效忠。

所以，這時鐵蛋的驚駭，又進入了更高的程度，雖然他身經百戰，在槍林彈雨之中，連眉頭都不皺一下，這時卻心頭咚咚亂跳，要用手扶住了洞壁，才能站穩身子。

他還未曾對那長臉女人的話，作出反應，又一個有着水蛇腰，身形細長的女人失聲道：「說得對，無毒不丈夫，量小非君子，一不做二不休，哪有那麼拖拖拉拉的，十年八載，人都等老了。」

看起來，女性的心腸，要是狠毒起來，比男性更甚。這兩個女人的話，就狠辣之極。

鐵蛋當時，由於過度的震駭，雙手亂搖，牙齒相叩，竟至於說不出話來。

另一個圓臉胖身，看來十分和善相的女人笑了起來：「看來鐵大將軍徒有虛名，膽子小得很，我們找他商量這樣的大事，是不是找錯人了？」

鐵蛋一聽得那女人這樣說，不由自主，發出了一下呻吟聲來。

這女人說起話來，軟綿綿地，像是十分溫和，可是說出來的話，卻厲害之至，要是大家都認為是「找錯人了」，那麼，被鐵蛋知道了這樣的大秘密大陰謀，就自然非殺他滅口不可。

鐵蛋這時，倒也未必是怕死，他怕的是，他一死在這山洞之中，這大秘密就再沒有人知道，無法防禦對付，只怕陰謀會有變成了事實的一天。

鐵蛋很是傳神地把當年事情發生時，他的想法也一一說出。當我聽到「陰謀會有變成事實的一天」之際，心中陡然一動。

本來，聽鐵蛋的敘述，已是驚心動魄之至，我不知道鐵蛋後來是如何應付過去的。

需要說明的是，當鐵蛋把這一切秘密，向我和盤托出之時，離當年事情發生時，已過去了超過四分之一世紀。

在這四分之一世紀之中，又發生了許多事，都已成了歷史，而這些歷史之中，包括了領袖忽然大失狀態，真正出現了極度混亂，而且毫不容情地放手誅殺功臣，天下大亂到了不可理喻的瘋狂程度，鐵大將軍也是這狂亂歷史的受害人，他能全身而退，還可以坐在輪椅上剪花喝酒，已是上上大吉了。多少功勳蓋世的將相，都在領袖的狂亂行為之中，死得慘不堪言。

不必等到後世，現代的歷史學家，也都大惑不解，何以英明神武的領袖，會有這種倒行逆施，令人難以置信的狂亂行為。

那絕不是一個充滿了智慧的人所作所為，而只是一個暴戾乖張，絕不正常的人的行為。

那使我想到，是不是真的陰謀已經成功？是不是作出狂亂行為的領袖，已經不是真正的領袖，而是那個龍天官所假冒的？

那場狂亂的結果，是數以千萬計的人死於非命，而且遺下了再過一個世紀也恢復不了的傷害，是不是陰謀已實現了的結果？

剎那之間，那段時間內的許多事，都從記憶中湧了出來，確然大有可疑之處。

我一面想，一面向鐵蛋望去，鐵蛋顯然知道我想問他什麼，他也神情迷惘，表示他也不知道，至少，是他無法肯定。

我又想到，陰謀是否實現，在十二天官的記錄之中，必有記載——給鐵天音取走了。

鐵天音要這個大秘密來幹什麼呢？

疑問愈來愈多，全都像是堵在胸口一樣，令人極不舒服。我連喝了好幾口酒，才吁了一口氣。

鐵蛋道：「那兩個女子的毒計，當然令我驚上加驚，但是卻也激發了我的鬥志，我知道，這十二個人，是一個極大的禍胎，必須消滅，絕不能留。」

一下定了這樣的決心，鐵蛋雖然知道自己的決定，領袖一定不會喜歡，但也必須這樣做，而且，看來領袖雖然知道自己失散的小兒子在十二天官之中，但並不能肯定，要不然，也不會給他的指示那麼空泛了。

他只消向領袖報告，說「注意」了那十二個人，沒有什麼值得「注意」之處，就可以過關了。

至於那大秘密，就一輩子藏在心中算了。

接下來，他聽到的兩個人對話，證明了他判斷是對的。一個獐頭鼠目的人向龍天官道：「老實說，老頭子沒念什麼父子之情，我們透露消息給他，說了你的下落，他就一點行動也沒有。」

龍天官沉吟了一下：「只是透點消息，又沒有真憑實據，他自然不信。」

鐵蛋心中暗叫：不信才好。

他判斷形勢，十二天官中，主張龍天官去假冒領袖的居多，而龍天官還有點不敢弒父。

於是，鐵蛋嘆了一聲：「你阿姨在不久之前，還到江西去找你，不幸遇車禍喪生。龍哥兒，當領袖不是站出來樣子像就可以，多少國家大事要做，你一下子絕對替代不了。」

鐵蛋的話，不但動之以情，而且動之以理。

在鐵蛋說了之後，各人都不言語，那幾個女天官，只是盯着龍天官看，氣氛相當緊張。

鐵蛋又道：「要做一國之王，豈是簡單的事，若是一個差錯，掉下來，也就屍骨無存。要是常在領袖身邊，先得了領袖的信任，再花些工夫，熟悉了治國之道，又有了自己的勢力，將士聽令，那就水到渠成了。」

鐵蛋自己也料不到，事情到了危急的關頭，自己竟會有那麼好的口才。

而他那樣說法，等於是同意了龍天官開始提出來的那個計劃了。

他心跳劇烈，龍天官來回踱了幾步，緩緩點頭，鐵蛋雖然知道事情不是就此了結，可是還是大大鬆了一口氣。

龍天官一面點頭，一面道：「這正是我們原來的計劃，鐵將軍，掌權首重掌軍，你可要多出點力，使我能在最短時期之內，掌到軍權。」

鐵蛋故作沉吟，緩緩點頭。「軍中很重資歷，可以這樣，我把你們十二人的名字，造一份報告，說這次任務，多虧了你們陣前起義，又憑藉你們的軍事天才，為國家立了大功。龍哥兒你是領袖的兒子，就算破格提升，也不算是什麼。」

這一番話出口，十二天官陰森的臉上，也居然各自有了喜色——試想想，在這個山洞中訂下的陰謀，竟可以使他們竊據全國，這足以令任何人心動了。

鐵蛋見到這種情形，知道十二天官正處於利欲熏心的情況之下，不論什麼人，在這種情形下，總是最容易受騙的，總是一廂情願，什麼事都向最好的方向去想。

所以，鐵蛋索性做戲做到十足，他又道：「就算有人不服，反正時間長，可以逐一用各種方法剷除，反倒可以看出誰是不服的，誰是忠的。」

龍天官受了鐵蛋的話鼓舞，神情更是興奮，用力一揮手：「首先要剷除北京的那兩個，揚州的那一個。」

龍天官這句話一出口，鐵蛋就怔了一怔。

「北京的那兩個」，指的自然是這天官的兩個哥哥。古今中外，若是要爭奪帝位，必然先殺同樣也有承繼權的兄弟，這是萬古不易的至理，別看中國是禮儀之邦，歷代的龍子龍孫，也很懂得剷除兄弟之道。

可是，「揚州的那一個」，又是什麼意思呢？

鐵蛋在一轉念之間，心頭又怦怦亂跳了起來——「揚州的那一個」，和「北京的兩個」，相提並論，可知地位也是一樣的。

那就是有一個可能了：領袖另一個失蹤的兒子，龍天官知道是在揚州。

鐵蛋實在想問個明白，可是又不知道該如何問才好——

我一聽到他講到這裏，就失聲叫：「不能問。」

我也不由自主，緊張得喘氣：「一問就要糟……這是大秘密中的大秘密。」

鐵蛋氣息急促：「我沒有問，沒有問。」

當時，鐵蛋沒有問，好幾個天官都向龍天官使眼色，示意他剛才說漏了口。龍天官卻大是得意忘形，揚聲道：「既然和鐵將軍共事，自然不應該有事瞞他，鐵將軍，你剛才聽到了什麼？」

鐵蛋是何等樣人，豈會沒有經驗，他不動聲色：「聽到了什麼？什麼也沒有聽到啊。」

龍天官走向前去，在鐵蛋的肩頭上，重重拍了一下：「答得好，鐵將軍，將來的榮華富貴，除了我們，就輪到是你了。」

鐵蛋這時，已經完全鎮定了下來。他心中暗嘆了一聲，因為他看出這個龍天官，是個志大才疏之輩，而且在草莽中久了，匪氣極重，若真是登上了領袖的位置，哪有半分體統在。

他當然不露半分真情，搓着手，裝出很是熱中的神情：「你們在這裏等我，我找人來接你們，你們不能出現得太突兀，換上軍裝，先在我司令部委曲一些日子，我再專程帶你們上京去。」

龍天官不滿：「為什麼不先向領袖報告？」

鐵蛋這次，說的倒是實話：「你們不知道領袖的性格，我接受任務的時候——」

他把自己如何和領袖對話，領袖後來又和雷九天的談話，都說了一遍，這些全是事實，自然毫無破綻。他的結論是：「領袖顯然不欲張揚，我們這裏，先報告上去，他就有可能置之不理。不如出其不意，一起上京，出現在他的面前，他只要一見龍哥兒，如同照鏡子一樣，自然父子相認，順理成章，再無波折了。」

這一番話，令得桀驁不馴的十二天官，也連連點頭，可知鐵蛋的大將之才，也不是吹牛的。

鐵蛋吸了一口氣：「這裏多半崎嶇隱秘，不好尋找，不如我們同到一處軍隊容易到達的所在，你們等候我帶部隊前來。」

鐵蛋在說到這裏的時候，補充道：「當時我心中，緊張之至——打了一輩子仗，沒有那麼緊張過。要是他們一起疑，不肯讓我獨自離開，那就糟了。」

我已約略可以猜到接下來發生了一些什麼事。我道：「兵行險着，你這一着，險到了極點。我想，他們相信你，主要是為了想不到你膽敢欺騙領袖。」

鐵蛋接口：「也想不到我竟然會放着那麼大的功勞不要——他們都是盜賊，怎麼也想不到會有人以國家前途為重，個人利益為次。」

他最後兩句話，大有賣狗皮膏藥之意，我沒有和他爭，只是看了他一會，他有點不好意思，嘆了一聲：「若是讓十二天官陰謀得逞，必然更糟。」

我悶哼一聲，不予置評。

當下，他們離開山洞下山去，鐵蛋看到那山洞處於一個懸崖之上，直上直下，根本沒有山路，想起剛才他竟是由牛天官揹了上來的，不禁咋舌。

這時，是事情的緊要關頭，所以他又把十二天官的戰功，大大誇獎了一番，又道：「領袖特地派雷九天帶了一些武術高手來，也是為了你們，可見他不是不重視你們透露的信息。」

十二天官想是以為收服了這位鐵大將軍，計劃已跨出了第一步，所以很是興奮。

到了山腳下，已是天色微明時分，那三輛吉普車還在，鐵蛋道：「日落之前，就可以來到，你們在這裏等候。」

他看到那山腳下的一小片平地，只有一條崎嶇的路可以通出去，堵死了那條路，全是峭壁，插翅難飛，是殲滅敵人最好機會，那又令得他心頭一陣狂跳。

龍天官在他登上車子之前，還約略向他指點了他司令部所在的方向。這一點，鐵蛋倒不需要指點，作為剿滅戰的司令，他對這一帶的地形，研究有素，十分熟悉。

我想，十二天官放心鐵蛋離去的另一個原因，是他們十二人有奇怪的規矩，行動必須一致之故。不然，派出幾個人來跟住鐵蛋，事情就不相同了。

第十三部

一場狂風黑霧救了十二天官

而如果十二個人一起跟去，才發生過「領袖夜訪」的事，未免太招搖，會招人物議，所以他們都聽從了鐵蛋的安排，這才有以後的事發生。

鐵蛋一面駕車疾駛，一面出冷汗，一面已擬好了行動的步驟。

他一到那山谷，雷九天和一些高級軍官見他獨自回來，不禁大是奇怪。鐵蛋聲色俱厲，先下了一道命令：「昨晚的事，必須忘記，相互之間，不准交談，絕不能向外人提起，有違，軍法處置！」

各人心中駭然，鐵蛋開始點兵，他的一個警衛連，神槍手隊，再加一個機槍連，由他親自率領，其餘所有人，不得妄動。

在行軍走出了五公里之後，鐵將軍才發布命令：「到達目的地之後，除了自己人之外，見人就格殺，不問男女老幼，一律格殺，我們這次面對的敵人是十二天官，膽小的，可先退出。殲敵之後，論功行賞！」

官兵一聽敵手是「十二天官」，都神情緊張，因為這十二個人的神出鬼沒，在部隊中傳播極廣，影響很大。

鐵蛋看到自己的部下，一聽到了「十二天官」的名字，都神態緊張，雖然他自己也不免如此，可是他也不禁勃然大怒——一怒之下，他確然增長了不少勇氣，暴雷也似大喝一聲：「怎麼？怕了？我們有好幾百人，對方只有十二個，打這種仗，還要害怕，不如回家奶孩子去，要去的趁早，決不阻攔！」

鐵大將軍一發怒，他的部下齊聲叫：「堅決完成任務，不怕犧牲——」叫了之後，各人的神情，有點古怪。因為以兩個連隊的力量去對付十二個人，那是真正的獅子搏免，獅子怎麼可能受傷？

要是在這樣的情勢下，居然還會有「犧牲」，那也真窩囊得很了！

鐵將軍又「哼」了一聲，手臂高舉，手中握着手槍——他那柄德國型的軍用手槍，是全軍上下欣羨的目標，自敵軍一個上將軍人腰際繳下來，象牙鑲金屬柄，名貴實用無比。

他大聲叫：「聽仔細了！」

説着，他扳動槍機，連射三槍，槍聲清脆響亮。在那三槍之中，他似乎把在十二天官那裏所受的冤屈之氣，也都發泄了出去。

他再嚷聲道：「認清楚了，以我的槍聲為進攻號，見人就格殺，根本不必說話！」

部隊轟然答應，鐵蛋吁了一口氣，不由自主，抹了抹額角上的汗。

他已下定了決心，要把這十二個人亂槍射死，就讓這個大秘密從此湮沒，再也沒有人知道。

反正死在十二天官手下的官員，已超過一百人，對他這樣的剿滅行動，就算日後，領袖有所不滿，也找不出他的錯處來。

而他的行動，卻可以在暗中為國家消滅一個大禍，可以為領袖免去一場災害。鐵蛋確然極忠於領袖，他能拚着不是，暗裏為領袖效力，而不是在表面上邀功——這樣的忠心，才是真正的忠心，道理很淺。

自然，他也深知領袖性子多疑，一個應付不好，還是天大的麻煩，畢竟那是在他知道了秘密之後，再殺了領袖的兒子——這種行為，若是在以前，「誅九族」都有可能！

而鐵蛋也不是沒有提防，他曾在龍天官的口中，知道了另一個大秘密：有一個在揚州！

領袖失散的兩個兒子，小的一個在江西失蹤，成了如今的龍天官，大的一個在上海失蹤，以龍天官的口氣，像是人在揚州！

十二天官他們闖蕩江湖，法門廣大，消息靈通，龍天官既然早有野心，要剷除他三個哥哥，那自然要將他們行動下落，打探得清清楚楚。

江湖人物行事，比國家機構更有效，那也是正常的情形。

鐵蛋可惜的是，無法向龍天官進一步去問那一位的詳細情形。

但鐵蛋心想，這裏的任務結束之後，全力去進行那件事，揚州能有多少人，一個一個來篩，一定能把他找出來。那才真正大功一件，領袖到時，自然「龍顏大悅」，也就不會理會疑真疑幻的十二天官了。

鐵蛋領軍前進，在快到約定的地點時，他略為躊躇了一下。

本來，以他的作風，每一次仗，都是身先士卒，衝在前面的，但是這一次，他不免有些心怯。

他和十二天官的約定，可以說是行詐。當然，兵不厭詐，無可厚非。但是他的行為，在江湖標準來說，都是江湖道德標準中最低下的一種。

要是他和十二天官面對面，十二天官忽然向他厲聲責問何以反覆無常，一時之間，他就不好回答。

所以，他作了一番部署，自己夾在部隊之中，竟不一馬當先。

鐵蛋把他這一段行軍的過程，說得十分詳細，那是因為他心中實在緊張無比，正在進行他一生之中，最重要的一件事！

我知道十二天官終於未死在軍隊的圍剿之下，可是根據鐵蛋的叙述，我卻完全想不通，何以十二天官在這樣的情形之下，亦能逃得出去！

鐵蛋的佈置，當真令得十二天官插翅難飛。除非十二天官在鐵蛋一走——就明白鐵蛋是在使詐，不然，實在是難有倖理。

我沒有提出疑問來，只是轉動手中的酒杯，在設想何以十二天官可以脫身。

鐵蛋瞪着我，嘆了一聲：「不必多想了，事情很簡單，一點也不複雜！」

我向他望去，他道：「他們就從槍林彈雨之中，直衝了出來，要不是有四挺輕機槍護着我，我幾乎第二次成了他們的俘虜……」

我不出聲，可是搖了搖頭，表示沒有可能。

鐵蛋在這時，表現出難以置信的神情——一看到他這樣子，我就知道事情另有隱秘在！

過了一會，他才道：「我不知道，我不知道當時發生了什麼事，真的不知道！」

我本來想責斥他：這像話嗎？你當時雖然沒有一馬當先，但是一切親身經歷，怎麼說什麼也不知道！

但是我看出他的神情迷惘之極，可想而知，當時一定有一些不可解的事情發生過。

我等他作進一步的解釋，鐵蛋連喝了好幾口酒，才道：「後來，軍中有一個老人家說，十二天官之中，一定有懂得『奇門遁甲』的人在，所以竟能在重重包圍之中，萬無可能的情形之下，脫圍而出。」

我想笑，想大笑，可是卻笑不出來。

這不是我不能接受「奇門遁甲」，或是法術。我完全可以接受，而且十分相信有這種超自然力量的存在！也相信確然有人能掌握這種力量（地球人或外星人）。

但是，鐵蛋所敘述的是如此驚心動魄的大隱秘，說的是他如何在玩弄手段，要把這一大段秘密壓下去，聽得人膽戰心驚之後，忽然冒出了「奇門遁甲」這樣的事來，兩者之間，本來是無論如何不應該有聯繫的，竟然會扯在一起，這就叫人想發笑了。

鐵蛋苦笑了一下：「十二天官算是機靈的了，但是我的安排，天衣無縫，他們野心太大，連他們自己，也會吞沒，所以我們有必勝之道……恐怕壞就壞在我沒有走在最前面，他們就起了疑心！」

他說到這裏，向我望來，徵求我的意見。

我認真地想了一想：「你當時不走在前面是對的。因為你的任務太重要，非完成不可，你若是有失，事情會更加糟糕！」

鐵蛋吁了一口氣，又過了一會，才道：「十二天官見了軍隊，就迎了上來，可是一看沒有我，而且，軍隊的那股殺氣，也容易感覺得到，他們一聲喊，立時向一旁疾飛了開去，去勢快絕……。」

我沒有說什麼，因為我知道，十二天官的武功再好，輕功再佳，也難以快得過機關槍的子彈，而鐵蛋是佈置了一個機槍陣，並不是一挺機關槍。

十二天官不露面則已，已經照了面，說什麼也沒有可以逃過大難的道理。

鐵蛋嘆了一聲：「這十二個人也真怪，他們真的遵守誓言，行動一致。本來在這樣的生死關頭，他們各自分散開來逃，至少可以逃出幾個去，但他們在這樣的情形下，仍然硬是十二個人在一堆，我真的很是佩服他們！」

他是說了一些無關緊要的話，再停了一會。

他在下意識中，一再拖延，不肯痛快說出究竟發生了什麼事，那使我意會到接下來發生的事，一定不可思議之至。使他至今迷惑，不明白是什麼事。

他接下來所說的是：「他們的那一聲喊叫聲之中，充滿了怨毒和憤恨，雖然代表了進攻令的三下槍聲立刻響起，可是那一下喊叫聲，也令我不寒而慄。那時正是中午時分，天氣很好，藍天白雲。可是立刻在那一剎間，根本連百分之一秒的時間也沒有，說變就變，陡然之間，天昏地暗，狂風大作，飛砂走石，黑霧滾滾而生，老大的冰雹，自天而降，天地之戰，豈是人力所能抵擋，而且事出突然，我帶來的雖然全是精兵，也一下子潰不成軍了！」

我睜大了眼睛，一時之間，也說不出話來。

忽然之間，天象大變，那是常見的事，但恰好發生在那一刻，那就未免太湊巧了！

在那種情形之下，別說機關槍，連機關炮都沒有用了。而對十二天官來說，趁機逃走，那是最好的機會。

本來，就算情形真是如鐵蛋所說的那樣，說變就變，連百分之一秒的時間也沒有，在變故發生之前，軍隊若是一見人，立即發射，十二天官還是難以倖免。可是在這裏，鐵蛋卻犯了一個錯誤——他下了一個命令，以他發槍三響為號，這才開始戰鬥。

他那三槍，並不是射向十二天官，而是手臂高舉，向天發射的。

在他射槍之前，十二天官已經知道中計，所以齊聲發出了一下憤怒之至，怨恨之極的喊叫聲。也可以說，他們的喊叫聲，和鐵蛋的第一槍是同時發出的。

我把這些細節，寫得特別詳細，是由於當時誰也不注意的一些小事，但是後來卻知道，那些小事，都有重大的作用，是重大的關鍵。

十二天官一知道上當，立時撤退，鐵蛋射三槍，需要多少時間？大約是一秒半，這在任何人的生活之中，微不足道的一秒半鐘，使十二天官有了逃命的機會，因為天象巨變，就在那時發生！

剎那之間，黑色的濃霧滾滾，冰雹驟下，部隊想不到會有這樣的變故，在天象之前，再強大的人力，也脆弱得不堪一擊。

鐵大將軍的精銳部隊，也不能例外，彈子一樣的雪粒，自天上傾倒下來，打在人的身體之上，疼痛無比，握槍的手背上中了一下，會痛得幾乎把槍拋摔，若是打在手指上，連手指都會斷折。

在這樣的情形下，別說早已找不到目標，就算目標直挺挺站在眼前，也談不上進攻了。

而且，那種突變，會使人產生極度的恐懼，所以就有人開始發出充滿了驚懼的嚎叫聲。

而這種恐懼，在一大群人之間，是會傳染的，一個叫，十個叫，愈叫愈使叫的人自己和聽到嚎叫的人感到恐懼，於是也加入嚎叫的行列——那種景象，是人類的集體意識行為，不能自我控制。

等到幾百人一起嚎叫的時候，連鐵蛋自身，也不能例外，他一開口，本來是想要制止嚎叫聲的。可是一張開口，所發出的，卻是同樣的嚎叫聲。

幸而，這一段可怕的時間，維持得不是太久，大約三分鐘，或許少些，或許多些，也沒有誰去留意，突然之間，天朗氣清，回復了原狀，鐵蛋這才發現自己原來窩囊得是雙手抱頭，蜷曲身子，蹲在地上，哪裏還有半分大將軍的凜凜威風。

他是最早站起來的幾個人之一，看出去，所有的人，都和他沒有站起來差不多，有的人，雙手抱住了頭，在毫無目的地奔跑，叫他明白了「抱頭鼠竄」這句話所形容的情形。

每一個人都鼻青目腫，有不少人，還在直着喉嚨嚎叫，鐵蛋來到了一個低級軍官面前，用力一個耳光摑了過去，再伸足挑起一挺手提機槍來，向天狂掃，槍聲一停，他就吼叫：「列隊。」

這支精銳部隊，平日在一聲號令之下，不到一分鐘就可以列出整齊、雄壯的隊伍來。可是這時，拖拖扯扯，過了十分鐘之久，才算是勉強排成了隊伍。

鐵蛋本來想好好訓一番話的，可是看到所有的人，個個鼻青臉腫，狼狽不堪，他長嘆一聲，只是揮了揮手，一句話也沒有說。

這批百戰百勝，征戰大江南北，威名赫赫的部隊，竟然連銳氣都叫一場天變打得乾乾淨淨。

鐵蛋在說到這裏的時候，雖然事隔多年，可是他那種沮喪和頹然之情，仍然直透了出來。我伸手在他的手背上，輕拍了兩下。

我知道這個老朋友的性子，當時的打擊，若不是有雷霆萬鈞之力，他不會有這種神情。

我想了一想才道：「天氣變好之後，十二天官呢？沒有人注意他們的去向？」

鐵蛋嘆了一聲：「別說其他人了，連我在內，當時的潛意識之中，也認為那是十二天官作的法，現在事過境遷，可以理智一點設想，他們在天變之初，一定也很是驚恐，但立即發現那是他們逃生的好時機，所以就趁機溜走了。」

他說了之後，我並不出聲，只是在設想當時的情景。鐵蛋嘆了一聲：「天下之大，無奇不有，我實在……至今仍不排除那是十二天官的作為，因為實在太巧了，只要差一秒鐘，十二天官必死無疑。」

我仍然不出聲，鐵蛋的聲音變得很疲倦：「過了幾天，部隊又受到了襲擊，才又知道了他們的下落，於是全力追剿，一直追到他們下落不明為止。」

我皺着眉：「他們為什麼不進京去。見了領袖，自然父子相認了。」

鐵蛋望了我一會，才笑：「你沒有入過政治圈，不知道權力的爭奪漩渦中的可怕情形。龍天官還沒進京，就已籌劃好了如何對付老頭子，老頭子是何等樣人，怎肯讓位？龍天官當然以為我已把一切報告了領袖，格殺令是領袖所下的！」

我點了點頭，在這樣的情形下，十二天官自然不敢進京去自投羅網了！

一場可能改變歷史的大變故，被鐵大將軍消弭於無形，那自然是大功一件。可是對領袖來說，他卻使領袖父子不能相會，那是大罪。究竟是功是罪，誰能評定？

我們兩人久久沒有說話。以後的事很明白：十二天官雖然神通廣大，但已難以和軍隊相抗，終於其中有人受傷，躲進了藍家峒，從此與世隔絕。

我不以為他們的野心也消失了，而是他們的野心，根本只有一次的可能實現機會，一次不成功，就永遠不成功，再也沒有機會了。

過了好一會，鐵蛋才道：「後來，任務基本完成，領袖又會見我。」

他說了這一句話之後，頓了一頓，才又補充道：「這一次見領袖，事前我把領袖會問什麼，我應該怎麼回答，足足準備了三天。可是和領袖應對之間，仍然不免全身都冒冷汗，因為我心中有事要隱瞞他，而領袖的目光如電，簡直能看到人心入肺；一個字說錯，立刻就是不測的大禍，其凶險之處，不下於當年落入十二天官之手！」

鐵蛋在那樣說的時候，猶有餘悸，可知他再威風八面，但是在領袖面前，還是微不足道，生死榮辱，全部操諸領袖之手！

我不禁很不以為然，如是陌生人，自然不便說什麼，但既然是自小的好朋友，我也不禁喟嘆：「常言道：伴君如伴虎。其實，你當時還應該激流勇退才是！」

鐵蛋望了我半晌，才緩緩地道：「你說得容易！人陷進了名利網中，要抽身而退，已是大大的不易，陷進了權力網之中，要能退出，那是超凡入聖的境界了，又豈是容易做得到的！」

我恭維了他一句：「你只不過是遲了一些，終於退出來了！」

鐵蛋搖着頭：「我不是自己退出來的——說起來好笑，不知道算不算是報應。我的情形，和十二天官差不多，是被人追殺得走投無路，僥倖逃出來的！」

我沒有說什麼，鐵大將軍是如何從權力高層倒下來的，真正內幕，我也不甚了了，所以難以搭腔。他呆了一會，又道：「人在九死一生之後，自然容易大徹大悟，我想十二天官最後肯在藍家峒終老，這也是原因之一。」

我點了點頭，表示同意他的見解，他忽然神情疑惑：「你在藍家峒見過新十二天官？那個龍天官，難道也是天皇貴胄，龍子龍孫！」

他不說，我也早在心中疑惑了，這時經他一問，我先是搖頭：「十二天官之中，我對其中的幾個，一點印象也沒有，只因他們的樣子普通之極，那龍天官是什麼樣子的，我記不起來——自然，見了面，總是認得的！」

鐵蛋悶哼一聲：「苗疆之中，上哪兒去找帝王的子孫去，天官門的規矩，自然也無法繼續了——」

他說到這裏，陡然停了下來，神情怪異。我也在那時候，心中陡然一動，也不免有點古怪的神色。

我們兩人當然是由於想到了同一個可能：老龍天官若是在藍家峒中娶妻生子，那麼，所傳的後代，自然也還是領袖的血統！

然而，不到三秒鐘，我和鐵蛋兩人，不約而同，哈哈大笑。因為事過境遷，就算是這樣，卻又怎地？當年領袖高高在上，他的子孫，自然舉足輕重，地位重要。如今領袖已死，情勢當然不那麼有關緊要了。

我們一面笑，一面各自揮了揮手，鐵蛋道：「他奶奶的，還是那麼有威勢！」

他說的自然是領袖，說了之後，他又道：「那次見領袖，情形有了很大的變化，領袖的長子竟然在不可能的情形之下陣亡，次子精神不正常。領袖在別人面前，不會表現出什麼來，可我是他的老部下，知道他內心深處，實在隱藏哀痛，那次，見了面之後，他什麼也不說，就作了一個手勢，示意我跟在他的身後，他就在院子中，緩緩地踱着步。」

領袖在院子中緩緩踱步，時當深秋，院子中積了不少落葉，樹上也不住有落葉飄下來。鐵蛋跟在領袖的後面，心中懷着鬼胎，如同十五隻吊桶打水一樣，七上八落，不知領袖會問出什麼來。

領袖終於開了口：「小鐵，現在這種情形，叫你想起了什麼？」

鐵蛋心中一熱，望着領袖的高大的背影，立刻回答道：「想起早期，在大撤退中，敵強我弱，前無去路，後有追兵，領袖思謀對策，我也曾跟在後面，踱了一整夜！」

領袖對這樣的回答，很是滿意，他站定了身子，抬頭看着澄藍的天空：「多艱難的道路都走過來了，成功的代價，真不小！」

第十四部

大秘密終於揭盅！

鐵蛋大聲答應了一聲：「是！」

同時，他想到，領袖始終會把話題說到正事上，不必等他為難，自己應該先提出來，所以他道：「上次出征時，領袖贈我小書，我一共看了七遍──領袖為國家，犧牲良多，竟有兩個孩子，下落不明！」

他說得很是小心，看到領袖的背部，聳動了一下，但是那「唔」的一聲，卻又若無其事。

鐵蛋立刻轉了話題，「中央派來的顧問，那雷九天是個走江湖，對江湖上的事，瞭如指掌，他說了一個叫『天官門』的一些事，很是有趣，不知領袖有沒有興趣聽！」

領袖想想道：「你說說！」

鐵蛋於是把天官門之中，有一個龍天官，如何找承繼人，必須有「天皇貴胄」的身分一事說了，察看領袖的反應，卻不得要領。

他又道：「我那時恰好看到書中……孩子失散的那一段，忽發奇想，兩個孩子，隨便哪一個，要是叫天官門遇上了，都是千載難逢的機會……」

領袖笑得有點冷漠：「你這是繞着彎子罵我當皇帝啊！」

鐵蛋奉承道：「領袖是人民大救星，當人民的皇帝，又有何不可？」

我聽到這裏，伸手直指着他的鼻子，斥道：「無恥！無恥！」

鐵蛋默然半晌，才道：「我當時說這種話的時候，一點也不覺得無恥，真心誠意，因為那是我的信仰，領袖帶着我們，為這個信仰奮戰，我不覺得歌頌領袖有什麼不對，只覺得天經地義！」

我嘆了一聲，沒有再說什麼。

鐵蛋當時這樣說了，領袖並無忤色，只是目光如電，望定了鐵蛋。

鐵蛋知道，在這一刻，絕不能現出驚惶或是不自然的神情來。他十分自然地把他早已想好的一番話，說了出來：「事情也巧，在一次混亂中，知道了天官門的下落，把他們包圍了，並不發動進攻，雖然異想天開，可是心中既已起了這個念頭，不看一看，總放心不下。」

領袖的神情，看來仍然很冷漠，但喜怒不形於色，正是領袖的特點，鐵蛋知道領袖正在用心聽自己的話。

鐵蛋伸了一個懶腰，發出十分輕鬆的樣子來：「我自幼習武，很有點成就，帶着一隊人，摸進包圍圈，一出手，就把這十二人抓住了。」

鐵蛋說到這裏，領袖的鎮定功夫再好，但是父子之情，應是人類亙古以來的原始感情，他也不免聳然動容。

鐵蛋把這種情形，看在眼裏，不禁暗暗心驚，知道到了緊要關頭，更是半分也疏忽不得。

他先是裝着根本看不見領袖有異樣的神情，自顧自打了一個「哈哈」：「那十二人，各有一身武術，倒是不錯，可是那龍天官，五短身材，面尖頭削，是一個猥瑣漢子，來自關外，自稱是什麼滿洲貴族的後代，可是連揚州有旗人都不知道。」

他一口氣說下來，說到這裏，略停了一停，但不等領袖有反應，他就道：「一盤問，才明白江湖上那個傳說，是他們自己傳出來的，目的是唬弄其他的江湖匪類，可以自高身價。」

這時，領袖已經完全恢復了常態，不動聲色，也不出聲。鐵蛋索性假戲做到十足，用很低沉的聲音道：「沒能完成領袖的特別任務，我……很難過。」

領袖隔了好一會才問：「那十二個人呢！」

鐵蛋戰戰兢兢：「他們之中，有幾個人受了傷，會殘廢，我又覺得他們曾蒙領袖特別提起，總是一種福氣，而且他們也立下重誓，再不為禍人間，所以我作主，把他們放了。」

領袖仍然沒有出聲，只是沉着臉，鐵蛋的神情更是惶恐——這時他心中很是害怕，所以惶恐的神情，倒也不完全是假裝出來的。

他道：「我沒有照領袖格殺勿論的指示，請領袖給我處分。」

領袖又沉默了半分鐘左右，鐵蛋像是過了半個世紀。總算領袖有了反應，揮了揮手。

一看到這個手勢，鐵蛋懸在半空中的一顆心，才算是放了下來。他知道，那是領袖表示許可的慣常手勢。

果然，領袖接着說：「很好，很好。」

說完了之後，領袖的臉上，現出了疲倦的神色。鐵蛋走前一步，他對領袖的忠心，絕無疑問，這時，他也只想領袖高興。

他用十分真誠的聲音——一半為了自己剛才欺瞞了領袖自責：「領袖，現在天下是我們的，早年失散的孩子，總能找得回來的，就把這個任務交給我！」

領袖望向鐵蛋，目光深邃無比。

鐵蛋因為已經有了「揚州」這個重要的線索，所以他的神情鎮定，而且充滿信心。

領袖忽然輕嘆了一聲，無可無不可地道：「也不必去公開了！」

鐵蛋知道自己過了一大難關，他補充了一句：「我一定努力，會先成立一個小組，那雷九天，我希望在那小組之中。」

領袖搖頭：「那不成，情報部門要他去當武術教頭。」

雷九天確然擔任過最高情報部門的武術教頭，訓練了十二個美麗兼大有能力的「人形工具」，那些女孩子的遭遇，奇特之極，她們都用花朵作名字，其中有的，曾是原振俠醫生的密友，她們的事都在原振俠醫生的傳奇中出現過。

至於後來，雷九天為什麼忽然離開了政權，那自然是另一個故事，有機會，總值得發掘。

鐵蛋說，一點也不誇張，他從領袖的書房退出來的時候，連褲襠都是濕的——不是小便失禁，而是汗水。他說，當時如果領袖若是心血來潮，在他身上摸一下，發現他全身是汗，自然也立刻可以知道他在欺瞞領袖了！

鐵蛋把當年的事一口氣說了出來，那麼驚心動魄，而且還深藏着這樣的一個大秘密，聽的人喘不過氣來，他這個說的人，卻由於終於把埋在心底深處的大秘密說了出來，而大大舒了一口氣。

我望着他：「這些事，你和天音這孩子說過沒有？」

他大搖其頭：「沒有，這事，我第一次對人說，你是唯一知道的一個。雖然事情過了那麼多年，當時關係國家命運的秘密，現在一錢不值，但我還是不會隨便對人說。」

我相信鐵蛋的話，那麼，鐵天音是如何會對十二天官有興趣的呢？

鐵蛋已向我發問：「對了，你一上來，就說天音做了些不該做的事，後來一打岔，我也忘了問，小畜牲究竟做了什麼事？」

我就把事情的經過，簡單扼要地告訴了他，鐵蛋聽了之後，大是駭然：「十二天官若是有一部這樣的記錄，那麼，一切經過……一切秘密，自然也盡在其中了！」

我點頭：「應該是，而且，我相信，記錄中所記的一切，比你所知的，還要詳細，例如，記錄中必然有老老龍天官如何發現領袖之子，收他為徒的經過——這一點，你就不知道。」

鐵蛋的神情疑惑之極：「天音要這些資料幹什麼？」

我攤了攤手，表示我也百思不得其解，我反問：「你沒對他說過這段往事，他沒有理由知道『十二天官』。會不會你喝醉酒，還是什麼時候，無意之中透露過？」

鐵蛋想了一會：「我才成殘廢時，意志消沉，情緒低落，終日在醉鄉之中，天音倒是一直跟在我的身邊，有可能我在大醉之後，說了些什麼，所以聽了去。」

我點了點頭，這是極有可能的事，那些日子，鐵蛋滿腹牢騷，酒一湧了上來，什麼話不會說。

鐵蛋又道：「可是他若是知道了一些，應該向我問更多的情形啊，可是他卻從來也沒有向我提起過。」

鐵蛋這幾句話，像是自言自語。我想說，鐵天音的性格十分深沉，可以把一件事，聲色不露地藏在心中很久，誰也不知他在想什麼。

可是我卻沒有說出來。

因為，性格深沉，雖然不是壞事，盡有做事老謀深算的人，但由於這種性格和我、鐵蛋都相反，鐵蛋不會喜歡，又何必去增加他們父子之間的隔膜？

鐵蛋吸了一口氣：「你以為他來找我了。」

我搖頭：「不，我只是打聽到他到芬蘭去了——可能是故佈迷陣，先到芬蘭，再到別處。」

鐵蛋一揚眉：「就算他到手的記錄最多那也只是歷史上的秘密，現在一點用處也沒有，領袖也早已死了。」

我總覺得，雖然事情過了那麼久，可是當年的秘密，一樣還有是秘密的價值，不然，小鐵不會對之有興趣。

就算秘密已失去了價值，而我也想知道秘密的內容。

我本來不知道如何開始去作新的探索，鐵蛋的這句話，雖然提醒了我，我立時道：「領袖雖然死了，可是領袖的影響力，卻並沒有消失。」

鐵蛋望着我，神情大是駭然：「你……你這樣說，是什麼意思？」

我向他指了一指：「正要問你。」

鐵蛋呆了半晌，現出很是疑惑的神情。我知道他的思緒為什麼迷惑，所以我得使他有一個頭緒。

我道：「鐵蛋，如果你不是忽然看透世情，再不過問天下之事，你現在的地位怎樣？」

鐵蛋道：「那只要我不殘廢才能有得說。」

我同意：「好！就算你不殘廢。」

鐵蛋嘆一聲，然後才道：「我當然位居第一線的領導，當年我的部下，現在都是這個地位。有的名義上沒有任何職位，可是一樣仍是領導。」

我再問：「這些人，年紀都很大了，在世上的日子不會太久，什麼樣的承繼人，才最合他們——最合你們的心意？這承繼人要決不會背棄祖業，一定不會起變化，要絕對靠得住！」

鐵蛋想得很認真：「確然不易，只有慢慢培養！」

我揚了揚眉：「培養也要有對象，總不能隨便拉一個人來培養！」

我在這樣說的時候，盯着他看，目光淩厲。因為這時，我已經不再是「感覺」，而是相當具體地有了設想，而且可以肯定，鐵蛋雖然向我說出了那麼多秘密，可是還有真正的秘密，沒有向我說出來。

他沒有說出來的秘密，才是真正的大秘密。

已失去了時間效力的秘密，只是歷史陳述，不能改變。事實，所以也不算秘密。

而真正的大秘密，是至今仍然可以改變事實的！

鐵蛋的雙手，緊握在輪椅的扶手，他這樣做，是為了使手不至於發顫，可是收效不大。

他終於在我的逼視之下——道出了一句話來：「不能說，小衛，不能說，當年我們六個人，在領袖面前，歃血罰過毒誓的，不能說！」

我吸了一口氣，冷冷地道：「我們已歃血罰過誓的，當然可以不算數！」

鐵蛋嘆了一聲，不敢和我目光接觸。

我忽然哈哈一笑——他只是心虛之極，我一笑，他也居然嚇了一大跳。

接着，我輕描淡寫地道：「其實也沒有什麼大不了，不過是在揚州找到了那個在上海失散了的孩子而已！」

鐵蛋本來，一直在迴避我的眼光，這時，忽然定定地望住了我，神情如見鬼魅。

我作了一個鬼臉：「不必驚駭，稍作推測，就可以有結論：你當年暗中領了這樣的任務，豈有不全力進行的？只要人還活着，把全揚州的人，一個個叫來個別談話，也能把人找出來了！」

鐵蛋嘆了一聲：「沒有什麼要瞞得過你，你……不知從哪一個異星人那裏，學會了這種本領！」

我作了一個手勢，請他說下去。

鐵蛋伸手撫臉：「花了足足五年時間，才算是確定了，被一個在上海走單幫的揚州人帶到揚州，那人後來成了富裕商人，找到的時候，已經大學畢業了！可是我不敢向領袖報告，恐怕事情有失，所以先找了五個，和我一樣，對領袖忠心耿耿的人商量。」

這六個人的那一次秘密會議，真是驚心動魄。

參加者的身分，都和鐵蛋一樣，地位甚至有比鐵蛋更高的。

大家全是久歷沙場的悍將，或是政壇上的強人，想到的是同一個問題：「孩子本身，知道自己的身分沒有？」

即使是在那次秘密商議之中，鐵蛋也沒有把十二天官的事說出來。

鐵蛋的回答是：「孩子——現在是很好的青年人，本身並不知道。」

這次聚會的人，非將即相，都是足智多謀，畢生經歷過不知多少大風大浪的人，可是這時，也不禁面面相覷，不知如何才好。

他們都只有一個一致的決定：「先別讓他本人知道，我們可以通過各種渠道，在暗中栽培他！」

鐵蛋提出了一個最重要的問題：「領袖那裏怎麼說？」

其餘五個人都用並不友善，甚至大有埋怨的目光，望着鐵蛋，鐵蛋居然也大有歉意。

因為如何對領袖說，是一個大難題！

本來，那是一個天大的喜訊，鐵蛋只消向領袖直說就可以了，不但是喜訊，而且是大功一件！

如果在正常的人家，確是如此。

到了大富人家，情形就有點不一樣，就會引起種種的懷疑，是不是為了覬覦財產的陰謀呢？

而如今領袖是一國之主，事情更非同小可，不但是領袖本人，領袖的左右，也不知有多少人在爭權奪利，忽然冒出了一個地位如此重要的人物來，就算領袖深信不疑，也不知道要捲起多少風波，何況領袖性格多疑，近年來更甚，一懷疑到有防備，更是吃不了兜着走，後患無窮！

鐵蛋聽到這一點，所以才沒有立即向領袖報告，而找了人來商量，那等於是把一枚隨時可以猛烈爆炸的炸彈，交到了各人手上！

一時之間，氣氛僵凝，鐵蛋的聲音苦澀：「是，一定是，可是沒有太確鑿的證據，科學上，也沒有百分之一百的方法，可以證明兩個人之間血緣關係！」

各人仍不出聲，鐵蛋在那時，不禁想起那個龍天官來，要是找到的人，和那個龍天官一樣，只要在領袖面前一站，就人人毫無疑問了！

這時，一個人問：「長相怎麼樣？像不像領袖？」

鐵蛋吸了一口氣：「方頭大耳，相貌堂堂，可是和領袖……不是很像。」

座中一人一揮左手：「把他送到外國去，刻意培養，別對他説，也先別對領袖説，再從各方面進一步查證，我們一年聚會一次，就這麼決定！」

各人並無異議。

我聽到這裏，失聲叫道：「不好！你們這樣的秘密會議，不出三次，領袖必知，要闖大禍！」

鐵蛋一聽，用極其異樣的神情望向我，我攤手：「這是一定的事，沒有不對下屬嚴密暗中監視的領袖，古今中外皆然！」

鐵蛋嘆了一聲：「你真是料事如神，到第三次會議，討論到了一半，到了外國的青年，勤奮好學，很有出息。會開到一半，領袖突然闖了進來！」

我聽到這裏，也不禁聳然動容，因為領袖突然出現，當時的場面之令人震駭，實是可想而知！

確然，剎那之間，六個人呆如木雞，竟連站也忘了站起來，只是僵坐着，仰頭看着身形高大的領袖，其中有兩個的手，事後發覺被手中握着的香煙，燒起了兩個水泡，當時渾然不知痛楚。

領袖的目光在各人的臉上掃過來又掃過去，足有三五分鐘，他才道：「聽說你們這樣的聚會已是第三次了。若是在商議反我，嘿嘿，我就再帶着自己人，上山打游擊去！」

領袖的話，反倒令各人都鬆了一口氣，鐵蛋首先定過神來，他先叫：「不關別人事，全是我拖他們下水的！」

領袖的神情，陰森之極，他以一種不能相信的神色，望定了鐵蛋，似乎在說：世上什麼人都會反，你鐵蛋決無反的道理！

鐵蛋知道領袖誤會了，忙又叫：「領袖，三年前，我們就找到了當年在上海失散的孩子了！」

領袖巍然聳立的身子，這時也有點搖晃，兩個人忙過去扶他，可是被他雙臂一振，推了開去，他身子向後一側，坐進了一張沙發。

他沒有發問，鐵蛋便將發現失散孩子之後，自己一人不敢決定，找人商量，各人的一致決定，等等情由，全都一口氣說了出來。

領袖在聽了之後，並不出聲，那六個位極人臣的大人物，也就像待決的死囚一樣，連大氣兒都不敢出。

好一會，領袖才道：「安排得好，考慮得很周到！」

這十個字，不但是特赦令，而且還是嘉獎令，令那六個人像是從鬼門關上回轉來一樣。

不等領袖發問，鐵蛋已將一本照相簿遞了上去。領袖看得很專注，又再一次問了發現的經過。

直到看完了相片，領袖才道：「孩子，像他母親多些，嗯？」

六個人異口同聲：「是，像大姐。」

領袖又恢復了睿智，他站了起來，來回踱步，愈踱愈面有喜色，下了指示：「暫時，這仍是秘密，或者，讓它永遠是秘密，我們是唯物論者，只要實際，不求虛名，是不是？」

各人自然一齊附和。

鐵蛋說到這裏，向我望來：「領袖真是有遠見，政治舞台上，風雲險惡，若是身分早暴露了，只怕逃不過各種各樣爭權奪利的陰謀，但他的身分一直保守着秘密，也就不成為顯著的目標了。在我決定隱世時，我們六人，曾在領袖之前，歃血不說出這個秘密來，以後的事，我也只能憑猜測了！」

我沉聲問：「你怎麼推測？」

鐵蛋道：「我推測，領袖在後來，必曾秘密會見，父子相會，那仍是只有幾人知道的極度秘密，我也相信，領袖臨終時，一定曾經託孤，所以，其人才能一帆風順，在領袖的部下扶持之下，登上高位——如果我在，我也一定會那麼做。」

我點頭，表示完全同意他的看法。

我閉上眼睛一會，想近二十年來政治局勢的變化，雖然早已事過境遷，而且，事情和我一點關係也沒有，我只是一個化外小民，和軍國大事，一點也沾不上邊，可是仍然不免心驚肉跳，自然，更多的是欷歔感嘆！

鐵蛋嘆了一聲：「我總算對得起領袖了！大家都算對得起領袖了！」

我不由自主，撫了撫頭，想起原振俠醫生向我說起過的一件事，他告訴我，有一個忠於組織的人，死了之後，他的鬼魂，仍念念不忘忠於組織。

鐵蛋也一樣，他成了隱士了，可是心底深處，還念念不忘效忠領袖。

這中的是一種什麼樣的毒呢？

（全文完）

衛斯理小說典藏版 66

大秘密

作　　者：　衛斯理（倪匡）
責任編輯：　黎倩雲　　陳桂芬
封面設計：　李錦興
出　　版：　明窗出版社
發　　行：　明報出版社有限公司
　　　　　　香港柴灣嘉業街18號
　　　　　　明報工業中心A座15樓
電　　話：　2595 3215
傳　　真：　2898 2646
網　　址：　https://books.mingpao.com/
電子郵箱：　mpp@mingpao.com
版　　次：　二〇二二年八月初版
I S B N：　978-988-8828-11-1
承　　印：　美雅印刷製本有限公司